歌舞伎と存在論

折口信夫芸能論考

伊吹克己

専修大学出版局

凡　例

文中、引用文献等の表記については左の通りとする。

一．折口信夫の著作については『折口信夫全集（折口信夫全集刊行会編纂）』（中央公論社刊）を用いた。引用に続いて、たとえば（一二-四一）とある場合、最初の数字は巻数を、半角ハイフンのあとの数字はページ数を表す。『折口信夫全集別巻』については「別巻」、『折口信夫全集ノート篇』については、「ノート篇」と略記し、その後に続く数字が巻数を示す。また、『折口信夫事典』（西村亨編、大修館書店刊、一九八八年）については「事典」と略記して、その後の括弧内の数字が頁数を示す。

二．外国語の著作については、下記に示す略号で著作を示し、それにつづく括弧内の数字は、最初が原書の、半角ハイフンのあとの数字は翻訳のページ数を示す。なお、引用は翻訳を参照しているが、行論上及び文脈上の都合により、原文にしたがって、適宜訳文を変えてある。

ＡＴ：*Gesammelte Schriften 7: Ästhetische Theorie.* Theodor W. Adorno, Suhrkamp Verlag, 一九七〇（大久保健治訳『美の理論』河出書房）

ＦＩ：*Au fond des images*, Jean-Luc Nancy, Édition Galilée, 二〇〇三（西山達也、大道寺玲央訳『イメージ

の奥底で』以文社）

ＧＲ：*Gesamtausgabe, I. Abteilung: Vorlesungen 1923-1944 Band 39 Hölderlins Hymn »Germanien« und »Der Rhein«*, Martin Heidegger, Vittorio Klostermann, 一九八〇（木下康光、Ｈ・トレチアック訳『ハイデッガー全集　第三九巻　ヘルダーリンの賛歌「ゲルマーニエン」と「ライン」』創文社）

ＨＡ：*Gesamtausgabe, II. Abteilung: Vorlesungen 1923-1944 Band 52 Hölderlins Hymnen »Andenken«*, Martin Heidegger, Vittorio Klostermann, 一九八二（三木正之、Ｈ・トレチアック訳『ハイデッガー全集　第五二巻　ヘルダーリンの賛歌「回想」』創文社）

ＨＥ：*Gesamtausgabe, II. Abteilung: Vorlesungen 1923-1944 Band 55 Heraklit*, Martin Heidegger, Vittorio Klostermann, 一九七九（辻村誠三、岡田道程、Ａ・グッツォーニ訳『ハイデッガー全集　第五五巻』創文社）

ＨＩ：*Gesamtausgabe, II. Abteilung: Vorlesungen 1923-1944 Band 53 Höderlins Hymn »Der Ister«*, Martin Heidegger, Vittorio Klostermann, 一九八四（三木正之、Ｅ・ヴァインマイヤー訳『ハイデッガー全集　第五三巻　ヘルダーリンの賛歌「イスター」』創文社）

ＫＭ：*Gesamtausgabe, I. Abteilung: Veröffentlichte Schriften 1910-1976, Band 3. Kant und das problem der Metaphysik*, Martin Heidegger, Vittorio Klostermann, 一九九一（門脇卓爾、Ｈ・ブフナー訳『ハイデッガー全集　第三巻　カントと形而上学の問題』創文社）

ＫＶ：*Philosophische Bibliothek Band 37a: Kritik der reinen Vernunft*. Immanuel Kant, Felix Meiner Verlag, 一九七六（天野貞祐訳『純粋理性批判』講談社学術文庫版）

LU：*Logische Untersuhungen, Husserlana Band XVIII*, Edmund Husserl, Nijhoff, 一九七五（立松弘孝訳『論理学研究 I』みすず書房）

NW：*Gesamtausgabe, II. Abteilung: Vorlesungen 1923-1976, Band 43. Nietzsche: Der Wille zur Macht als Kunst.* Martin Heidegger, Vittorio Klostermann, 一九八五（薗田宗人、S・ウンジン訳『ハイデッガー全集　第四三巻　ニーチェ、芸術としての力への意志』創文社）

RM：*«Retrait de la métaphore». Psyché. Inventions de l'autre, t.1. p.63-93.* Jacques Derrida, Galilée, 一九九八（庄田常勝訳「隠喩の退－引」『現代思想』第一五巻六、一四号、一九八七年）

SG：*Gesamtausgabe, I. Abteilung: Veröffentlichte Schriften 1910-1976, Band 10. Der Satz vom Grund*, Martin Heidegger, Vittorio Klostermann, 一九九七（辻村公一、H・ブフナー訳『根拠律』創文社、一九六二年）

SZ：*Sein und Zeit*, Martin Heidegger, Max Niemeyer, 一九七二（細谷貞夫訳『存在と時間　上・下』ちくま学芸文庫版）

US：*Gesamtausgabe, I. Abteilung: Veröffentlichte Schriften 1910-1976, Band 12. Unterwegs zur Sprache*, Martin Heidegger, Vittorio Klostermann, 一九九七（亀山健吉、H・グロス訳『ハイデッガー全集　第一二巻　言葉への途上』創文社）

VA：*Vorlesungen über die Ästhetik III. Werke in zwanzig Bänden,15. Theorie Werkausgabe. Redaktion Eva Moldenhauer und Karl Marcus Michel.* G. W. F. Hegel, Suhrkamp Verlag, 一九七〇（長谷川宏訳『ヘーゲル美学講義　下』作品社）

ZW：*«Die Zeit des Weltbildes». Gesamtausgabe, I. Abteilung: Veröffentlichte Schriften 1914-1970, Band 5. Holzwege*. 所収. Martin Heidegger, Vittorio Klostermann, 一九七七（茅野良男、H・ブロッカルト訳『ハイデッガー全集　第五巻　杣径』創文社）

三．引用文中の［　］内の記述は著者による。

目次

第一部　折口信夫の歌舞伎論　1

一　歌舞伎、この低俗なるもの　3
二　芸術の堕落としての芸能　9
三　享楽としての非芸術　12
四　『かぶき讃』における役者容姿論　16
五　容姿と芸　19
六　美と醜　26
七　嘘としてのイメージとイメージとしての真理　30
八　イメージと構想力　33
九　イメージとその本質　35
十　イメージの範例としてのデスマスク　39

十一　退引、眼差しのない眼差し　43
十二　区別されたものとしてのイメージ　47
十三　記憶された〈映像〉　54
十四　テキストとイメージ　59
十五　振動するもの　64
十六　結論　まれびと――イメージを産み出すもの　69

第二部　折口信夫の芸能論　75

一　歌舞伎と演劇　77
二　古代ギリシアの芸術と近代の芸術　81
三　カントと美の概念　87
四　「しじま」から神語へ　89
五　ハイデガーとヘルダーリンにおける祝祭　93

六　歴史の本質根底としての祝祭、人間と神々　97
七　祭りと聖霊　101
八　芸能と神　105
九　「半神」と「神人」　108
十　流れと所在　111
十一　祭りに現前するもの　117
十二　詩作と思索　120
十三　流離《さすら》う半神たち――まれびと、芸能の発生　127
十四　見物と陶酔　131
十五　「かぶき」と歌舞伎　134
十六　真理と芸術との葛藤　140
十七　芸術と真理――「実感」としての和解　149
十八　発生と和解――文学――　154

十九　発生と和解――芸能――　159

補論　「言語情調論」をめぐって――折口信夫とハイデガー――　167

一　はじめに　169
二　言語と情調　172
三　言語の優位　184
四　ハイデガーのヘルダーリン講義　187
五　詩作と言語　190
六　聴くことの意味　192
七　「言語情緒」と「根本情調」　194
八　〈音〉と〈沈黙〉　204

あとがき

第一部　折口信夫の歌舞伎論

一　歌舞伎、この低俗なるもの

折口信夫には少なからぬ量の歌舞伎に関する文章がある。それほど彼が関心を示した理由は何であったのか。歌舞伎は芸能の一つである。彼の学問の中で〈芸能〉ないし〈芸能史〉は大きな意味を持っていた。だから彼が歌舞伎に関心を示すのは当然と言っていい。これを手がかりとするなら、われわれは彼の広範な〈芸能史〉に関する論文の前に立たされることになる。そこに突き進んでいけばなにがしかのことは語ることができるに違いない。しかし、ここでわれわれは彼の歌舞伎に関する文章の前で立ち止まってみることにしたい。折口は子供の頃から歌舞伎を好んだ。このことが後年の彼の研究に何の影響も与えなかったとは考えられない。だとすれば、それはどのような経験であったのだろうか。このことは、もしかしたら彼の学問の発生を知る上で大きな意味を持つのではないか。このような目論見で折口の歌舞伎論を読み解いてみたい。

『折口信夫事典』巻末の略年表によれば、現在の大阪市浪速区に生まれた折口信夫は、小学校低学年の頃から芝居を観た。というより、道頓堀あたりの芝居小屋通いを始めている、と表現した方が適切かもしれない。彼は七歳（明治二七年、一八九四年）のときに「初めて初代中村鴈治郎の舞台を観ている」（事典七一二）。九歳の項目には、「この頃、市川右団次の舞台を観ること多い」（事典七一三）とある。兄弟喧嘩をすると、うるさがった父親が、折口に芝居賃を与えて外出させることがよくあったので、弟たちに喧嘩をするふりをさせたというエピソードは折口自身の伝えるところである。芝居見物は時間つぶしと言ってしまえば、それだけのことだろうが、すでに彼は古典文学と出会っている。三歳にして百人一首をそらんじたと言われる彼には、時間つぶしに一人古典を読むという手もあったはずである。しかし、彼は嬉々として道頓堀に出かけていった。

ところで、こうしたエピソードに、われわれとしては見逃すことのできぬ一面がある。芝居賃をくれた父親は芝居を嫌っていたのである。折口の父は芝居を低俗なものと考えていた。こうした認識は、今日でも演芸的なものに対してあるように、父親の独断的な判断というよりは、社会一般の常識から来たものだと受け取っておくべきだろう。子供時代からの芝居小屋通いを回顧しながら、折口は次のように語った。

「私どもの青年時代には、歌舞伎芝居を見ると言ふ事は、恥しい事であつた。つまり、芝居は紳士の見るべきものではなかつた。だから今以つて、私には若い友人たちの様に、朗らかな気持ちで芝居の話をすることができない。」(二二-三七〇)

折口は芝居だけを観ていたのではない。寄席にも出入りした。次のように言っている。

「寄席なんかに出入りするのは、あまりよい趣味ではない。這入るにも、後先を見すまして、つつと入りこんでしまふ。さういふ卑屈な心持ちを恥ぢながら、つい吸はれるやうに席亭の客になつて行く。」(二二-二三二)

芝居を観ることが「恥しい事であつた」という認識を、折口は生涯持ち続けた。自分の大好きな歌舞伎芝居について、どこに出しても恥ずかしくない立派な芸術であると彼が主張することはついになかった。そういうものにすべきだとも言っていない。歌舞伎というものは低俗な芸にすぎない。これが折口信夫の歌舞伎に対する基本的な認識であった。では、歌舞伎がそのように低俗なものだとするなら、反対の、高尚なものとは何か。その答えを彼自身の言葉として見つけることはできない。だが、古典文学に対する手ほどきを父親から受け、兄たちの影響もあって、それに開眼していったということを考え合わせると、そういうものがやはり高尚なものという位置づけを得るという推測はつく。この推測がわれわれの手がかりである。

折口の証言から、低俗なものと高尚なものとの対立が引き出せるとして、それは、ではどのような意味を持っているのか。

それはまず心理的な葛藤を引き起こすに違いない。高尚なものが社会的に評価される〈良いもの〉であるとすれば、葛藤の解決とは、〈悪いもの〉である歌舞伎（低俗なもの）を何らかの形で高尚なものに匹敵するような位置にまで引き上げるということに存する。だが、折口の証言はそのような解決を認めていない。彼は低俗なものを低俗なものとして引き受けるために両者の対立をそのまま受け入れた。折口が、たとえば、たれか天才の出現によって、いつの日か歌舞伎が高尚なものになるだろうと考えることはない。歌舞伎の本質はその低俗さにこそある。これが、彼の証言から引き出されてくるところである。歌舞伎が世界に誇るべき芸術だというような主張は折口には無縁のものであった。彼にとって、歌舞伎は〈演劇〉でさえもない。それは〈芸能〉と呼ばれるべきものであった。次に引用するのは、昭和十六年に行われた対談の発言である。

「私は芸術よりも低いもので、今の音楽ならば歌謡曲くらいのもの、さういふ芸術にまで達しない演芸的なものを総称して芸能だというて来てをります。」(別巻三-六二八)

折口は子供時代においてすでにこのことを了解していたのではないか。父親から注ぎ込まれた低俗と高尚のアンチノミーは、芸術と芸術ではないものとの関係として認識された。これは、われわれの見るところでは『美の理論』におけるアドルノの見解に通じている。ここから、折口の考えをたぐり寄せてみたい。アドルノの著作を軸にして二人の議論を比較検討しようというときにまず気がつくのは、従来の美学や芸術論に対する批判的観点の共有である。ヨーロッパ近代に成立した美学ないし芸術論は、折口が厳しく批判していた〈本質主義〉を理論的基盤として成立したものであった。次の引用文の強い調子はそのことを示してあまりある。

「これから国文学をやる人は、まず美学から卒業せねばならぬ。これにひっかかっていると、いつまでも同じところを低徊するだろうと思う。……私は美学を軽蔑せねば、日本の民俗芸術の話はできぬといいたいのである。」(ノート篇六-八四)

アドルノも旧来の美学を批判する立場から、『美の理論』冒頭に「芸術に関することで自明なことはもはや何一つないことが自明になった」（AT一二-一〇）と書いた。美学とは芸術作品についての反省であるが、そもそも芸術作品とは何かがよく分からなくなっている。手の加えられていないノイズやゴミが芸術だと主張されているのが現代である。そのことが正しいのかどうかはさて措く。はっきりしているのは、美学的な考察をするなら、その対象についてまず議論しなければならないということである。すなわち、〈物〉とは何か。その結果、「美学はアカデミズムによって狭められ、一専門分野にすぎなくなり、その付けが哲学に回される」（AT三九一-補遺五）ことになった。これが「美学」の現状だとアドルノは見た。

一方、折口の方は、今の引用にあるように、ヨーロッパ伝来の美学では「民俗芸術」を理解できないと考えた。彼がヨーロッパの思想で東洋の芸術を理解できないというイデオロギーの持ち主であったというのではない。あるいは、柳宗悦流の「民芸」を考えていたのでもない。折口の芸術理解の根源には、常に文学発生論、芸術の始源という発想があったが、ここで二人の考え方の違いをまず認識しておく必要がある。というのも、折口のこだわった（ように見える）芸術の始源という問題意識、具体的に言えば、その宗教起源説をアドルノは強く否定していたからである。彼は次のように書いている。

「芸術の概念はさまざまな契機の配置の歴史的変化に応じて変化する。芸術の概念は定義に抵抗する。芸術の本質をその起源から、あたかも最初のものは、それに続くすべてのものがその上に築かれた地層であって、地層が揺り動かされるなら、たちまちその上に立つすべてのものが崩壊するかのように、演繹的に導き出すことはできない。最初の芸術こそ最高のもっとも純粋な作品であるとする信念は、奥手のロマン主義 spätesste Romantik にすぎない。」（AT一一-九）

アドルノは、一見して折口と正面衝突する主張を展開したように見える。だが、そうではない。上記の引用に対応させる両者の主張に本質的な違いのないことを、われわれは折口の論文にいくつも見つけることができるが、ここでは歌舞伎論という主題に限定する。

まず歌舞伎が、今日よく言われるような古典芸能ではなく、折口の少年時代には現代の、つまり当代の舞台芸能であったことを思い起こす必要がある。今日の歌舞伎と比べると、文化における位置づけが違うということである。少年折口がいきなりそこに芸能の始源を見たとは考えられない。あるいは、少年期に後年の彼の学問の手がかりをつかんだとしても、その時に始源の芸能の残り香を感じ取ったというものではないだろう。われわれがそこに見るのは、夢中になって舞台を見つめる少年の姿以外にない。折口は、低俗と謗られることを承知で、自分の気持ちに忠実であった。低俗という一般的な見方に反発を覚えながらも、それを批判する言葉を持つまでにはいたっていないこの少年にできたのは、唯一、そういう具合におとしめられている歌舞伎や寄席を正面からうけ止めることでしかなかった。すると、低俗はおのずから心中において高尚と衝突する。生死をかけた戦いが生じるが、そこに和解はあり得ない。なぜなら、どうあろうと、彼には歌舞伎や寄席に通うことを止めるつもりはなかったからである。自分の存在がそこにかかっているとまで思い込んだのかどうか、そこまでは分からない。ただ、この葛藤はどこかにそのエネルギーを放出しなければならない。精神分析的に見ると、そう言うことができる。この問題を考えるためには、一度折口の子供時代から離れて、大人になった彼が見いだした文学や芸能の理論に身を置いてみる必要がある。少年折口に関する証言が乏しく、その心中を再構成する材料に欠けている以上、彼の芸術一般に対する見方を論理的に把握するためには、そうする外はない。そこから逆算して見えてくるものが、少年期に獲得した折口の歌舞伎に対する基本的な見解だということになるだろう。

二　芸術の堕落としての芸能

歌舞伎や寄席といった芸能が低俗というなら、もう一方の高尚なものは古典文学だと推測できるとわれわれは言ったが、それを別言すれば〈芸術〉ということになる。今日では両者ともにその〈芸術〉というジャンルにひとくくりにされる。だからといって、両者を等式で結ぶことはできない。折口にしてみれば、そこにある断絶を無視することは不可能であった。したがって、現代において芸能と芸術とが結びつくとするなら、むしろその断絶のゆえにではないのか。そう折口は直観していた。彼は外部から、芸能は非芸術であり、文学が芸術なのだという認識を押しつけられ、それを引き受けたのである。一体、芸能と芸術はどんな関係にあるのか。そこにある葛藤こそが問題にされなければならない。『美の理論』でアドルノが最初に論じたのは、この問題、すなわち芸術と芸術ではないものとの関係であった。

「芸術が変貌した結果、芸術の概念は芸術から追放され、芸術を含むものがないものと結びつけられている。かつては芸術であったが、芸術ではなくなったものと過去の芸術との間に緊張が生まれることによって、いわゆる美的構造問題は書きかえられることになる。芸術はただ芸術の運動法則によってのみ解釈しうるのであって、定数部分によって解釈しうるのではない。芸術は現在の芸術とそれが失ったものとの関係によって定義される。芸術における芸術特有のところは芸術の他者から、つまり内容的に導き出されねばならない。」（AT一二一〇）

この引用からは、アドルノと折口の理論が実質的に一致していたということが窺われる。折口の文学発生論は非文学（非芸術）から文学（芸術）へという図式であるのに対して、アドルノの方は、芸術から非芸術へ、となっている。しかし、いずれも非芸術と芸術との関係を芸術の理論における基本問題であるという認識においては一致する。芸術は非芸術との関係において芸術となる。アドルノによれば、「芸術が自己の起源を否定し、ただ起源を否定することによってのみ芸術作品となったという事実には疑問の余地はない」（AT一二-一二）のである。後年の折口の理論によれば、言語芸術は、他界からやって来た神々からのメッセージであるということが否定された瞬間に生まれた。アドルノの論理にしたがえば、それは「事実」である。今でも折口の理論を芸術の宗教起源説だという具合に整理する意見を見かけるが、われわれにしてみれば、それは一種の誤解である。芸術作品の成立に関して、彼は一つの〈解釈〉を示そうとしたのではない。あるディスクールが芸術に転化していく過程を客観的に記述してみようというのが彼の文学発生論のもくろみであった。理念を事実の背後に読み込もうというのではない。芸能に例を取れば、日本舞踊について折口は次のように言っている。

「例へば、踊りでも一人のものは芸術であつても芸能ではない。芸術は立派になつても、芸能にならない。しかし、芸能は進歩して芸術となることはできるが、もうそのときは芸能でなくなつてしまふ。」

（一九-二二六）

芸能は本質的に複数の人間によるものだという指摘は、この概念の持つ共同体的性格を示すものだが、今はこの問題には触れない。ここでわれわれが見ておきたいのは、芸術になる可能性が一人か複数かという客観的・技術的なことにかかっているという点である。芸能か芸術かという問題は理念（本質）によって決められるものではない。具体的な事情に関わる。ある日一人の天才が芸能を革新して、つまりある理念をそこで実現することによって芸術が生まれたと考えるのは、それこそ「奥手のロマン主義」に外ならない。こうした考え方は、アドルノによれば「最高の動因を求め、芸術の歴史的な起源をこの動因の中に存在論的に含める試み」（AT一一-九）であって、つまりは彼の強く批判していた「形而上学」なのである。アドルノと折口に共通するのは、芸術作品を主体から突き放して、客観的に歴史の運動の中において見る目である。「芸術それ自体の概念のうちにこの概念を無効にするある酵素が混入している」（AT一四-一二）とアドルノが言うとき、「酵素 das Ferment」という言い方に曖昧さはない。これを折口から見るなら（つまり方向を逆にして芸能という視点から見ると）、単独で芸に精進する芸人の姿となる。芸人が芸の腕を上げるために精進するのは当たり前のことだと言っていい。しかし、これが芸能を芸術にしてしまう。磨き上げられた芸は芸能を逸脱して、おのずから芸術に転化する。芸がなければ、つまりテクニックがなければ芸能は成立しないが、それが芸能を否定する。したがって、芸術は芸（テクニック）を無視して成立するものではない。アドルノは次のように言っている。

「芸 das Kunststück は、芸術の先駆的形式でもなければ、その変種でも退化した形でもなく、それは芸術が堅く口を閉ざしながらも、結局は漏らすことになる芸術の秘密に外ならない。」（AT二七七–二一七）

西洋においては「秘密」であったが、東洋のこの国においてははっきりと目に見えるものであったということが彼我の違いとして指摘できるかもしれない。ところで、芸術に対する非芸術としての芸能という観点は芸術家（演者）だけの問題ではない。それを見る者（鑑賞者、見物）がいる。そこにも芸術と非芸術の問題が深く関わる。

三　享楽としての非芸術

歌舞伎が低俗であると判断されるときによく言われるのは、その享楽的側面である。見物は感覚的な楽しみを舞台に求め、役者は見物に〈受ける〉ことを追求してしまう。この傾向は寄席において露骨になる。見物はそこでは一時の快楽を期待するだけである。これが低俗でなくて何であろうか。だが、それだけで片づけるのでは素朴にすぎる。そういう判断は芸術作品が物であることを忘れている。物は資本主義のシステムの下では商品として現れる。芸術作品といえども、それが流通市場に乗る商品であるという性格を逃れることができないのである。と言うよりも、その性格を無視していては、現代社会においてそもそも芸術というものが成立しない。しかも、それは単に消費されるのではなく、享楽される。アドルノはそう考えた。その限りで、享楽という側面を無視して芸術作品を考えることはできない。だから、彼は次のように述べた。

「……芸術から享楽 Genuß という点を余すところなく消し去るなら、それでは芸術作品はいったい何のために存在するのかと問われても答えられず、当惑することになるだろう。」（AT二七-二五〜二六）

アドルノは、芸術が享楽に還元されると言っているのではない。享楽において示されるのは、そこから自ずから引き出されてくるもの、すなわち精神である。享楽とは感性に訴えるところに成立するが、それが感覚的な快という水準で終わるなら、芸術作品は単なる慰み物（商品）になってしまい、芸術という概念も成立しなくなる。モーツァルトの音楽が、聞き終わった後でもわれわれの意識に何事かを残すとするなら、それは反省され得る何か、すなわち精神的なものだからである。芸術は人間の身体に一時の快感をもたらす化学装置ではない。したがって、芸術作品において享楽をもたらすものは、その正反対のもの、つまり精神に結びつく。「すぐれた作品においては、感性的なものそれ自体が作品の技巧によって輝きを与えられて精神となる」（AT二九-二八）のである。アドルノは、いわゆる「現代音楽」を音響として特徴付けている不協和音を現代芸術一般の象徴と見た。ボードレールの詩、あるいはワグナーの音楽で不協和音が鳴り響くとき、そこに示されるのは調和を拒否された現代人の精神そのものである。感覚的な事柄が告知するのは、それの他者である精神に外ならない。

折口に戻って見るなら、非芸術としての芸能それ自身が根本的に精神的なものに関わっているという認識が彼の学問の前提にあったということが理解できるだろう。もっとも、アドルノを待つまでもなく、彼には最初からそのことに関する明白な自覚があったと見るべきかも知れない。『かぶき讃』におさめられた「夏芝居」という文章によれば、夏には怪談ものがよく上演される。現在でもそうである。怪談ものが昔からその季節に上演されていたかどうかははっきりしない。重要なのは、怪談ものの上演が夏という季節を指示するということである。たとえば「曾我狂言は、毎年春の二の替わり興業から、之を出し物にしてゐる」（二二一―二二八）が、「真夏に芝居が興行せられるとすれば、やはり農村的な何かの意義が含まれてゐるはずである」（二二二―二二九）。つまり、夏芝居は季節の交代に結びつくのであり、それは祭りに結びつく。祭りの中で芝居とは神事であり、精神的なものそのものである。歌舞伎は享楽に走る傾向があるとはいえ、現在においてもなお上演形式をはじめとして、そこにある精神を失ってはいない。

ところで、芸術の享楽的側面は作品を娯楽と見る立場を可能にする。娯楽となった芸術はもはや単なる享楽的なもの以上にならないのかといえば、そうではない。現代社会においては、何が本物の芸術で、どれが単なる娯楽なのかが明確に分けられなくなってきている。アドルノは、そんなことに目をこらすよりも、芸術が芸術に対立するものとの関係の中で精神的な内容を示すという点に目を向けた。芸術作品が精神であるというのは、それが言葉によって論じられるからに外ならない。娯楽にしか見えない作品でも、それが言葉によって論じられるなら、精神的内実を示す。享楽的な作品それ自体が精神的内容を持つというのではない。「芸術作品の感性的瞬間も芸術作品の客観的な形成も、精神によって媒介されている」（AT一三四―一四九）ということである。芸術における感性的契機それ自体が、その向こう側にある精神的なものを指示している。こうしてアドルノは、芸術の他者としての反＝芸術的なものこそが芸術作品を可能にしているのだと説いた。次のアドルノの言葉は、これも折口の言うところを逆から照らし出していると見ることができる。

「精神化 Vergeistigung は、ジプシー、旅回りの俳優、辻音楽師、つまり社会的に追放された人々に対抗する力 Gegenkraft となる。だが、芸術がかつて賤民の芸にすぎなかったことを示す見せ物としての特徴を、芸術からぬぐい去ることを強いる強制は、それがいかに根深いものであろうとも、見せ物としての要素が芸術から完全に消し去られるなら、芸術はもはや存在することすらなくなり、見せ物としての要素のために特別な保護地区といったものをもうけることすら不可能となる。芸術の純化も、純化されるものを自己のうちに保存することがないなら、成功はおぼつかない。」（AT一四五―一六〇）

低俗なものは高尚なものがあることによって認識されるが、この対立が解消されたり、どちらか一方に還元されてしまうのなら、両方とも存在しなくなる。そうなると、後年の折口の学問も存在しなかったかもしれない。したがってわれわれは、折口はこの対立を引き受けることによって芸術に関する根本的な洞察を得たと言うことができる。低俗なものと高尚なものとの対立は、言ってみれば、芝居小屋の外にあるものであった。高尚なものとは父親の声である。その声から逃れて、夢中になって芝居を見る折口にはこの対立などどこかへ行ってしまっていたはずである。しかし、何かを認識するということは対立を抱え込むことだということはどこまでもつきまとった。そうでなければ、彼は高尚な芸術を無視するか、あるいは低俗を高尚なものと認めるか、どちらかを選択していたはずである。そして、そうなってしまうなら、彼の文学研究も民俗学研究も存在することはなかったにちがいない。では、劇場の中で、彼はいったいどのような経験をしていたのか。その経験こそが彼の選択を支えていたはずなのである。

四　『かぶき讃』における役者容姿論

折口信夫が生前刊行した歌舞伎に関する著作は『かぶき讃』と題された。つまり、学術的なものではない。弟子たちによって編纂され、折口がそれに手を加えた文集という体裁になっている。半分ほどを役者論が占めた。ところで、それを読み進むにつれて、どこか意識にさわるところが出てくる。役者の容姿について言及しているところが多い。役者論だから、容姿について語るのは当然のことと言っていいのだが、過剰さが感じられるのである。具体的に指摘してみよう。

『かぶき賛』で最初に論じられる役者は沢村源之助である。「沢村源之助の亡くなつたのは昭和十一年の四月であつたと思ふ」（二二一―一三）という書き出しで、この役者について一般的に言われるところをまとめることから論じ始められる。これが「一」であるが、中で顔についての言及がある。

「役者というものは風格が具つてくると、丁度今の羽左衛門のように気分で見物人を圧して行く。それは容貌によつてである。役者は五十を過ぎてから、舞台顔が完成してくる。」（二二一―一七）

この舞台顔は、立役なら長く持つが、頬骨が目立ってくるので「女形は割合に早く凋落する」（二二一―一八）。この言及を受けて「二」に入ると、折口は女形論を展開する。「女形に美しい女形と美しくない女形とがある」（二二-二一）と言っている。そして、彼自身見てもいない（折口は明治二〇年の生まれ）のに、「立役・女形を通じて素顔の真に美しい人の出てきたのは、明治以降」（二二-二一）だと断言する。美しくなかった女形の名前がいくつか挙げられて、あげくに「こんな連中が昔の女形で、その他一般に女だか化猫だかわからぬ汚い女形が多かつた」（二二-二二）と述べる。ずいぶんなものの言いようだと言わざるを得ない。というのも、折口がそうした役者たちを嫌っていたのかといえば、そうではないからである。むしろ、その逆と言っていい。たとえば次のように語っている。

「この頃は女形が大体美しくなつた。併し美しいといふことは芸の上からは別問題で、昔風に言へば軽蔑されるべきものなのである。」（二二-二二）

当たり前のことだが、芸が問題なのである。「要は、芸によつて美しく見えるといふことが、平凡でも肝腎なこと」（二二-二三）である。そうであるなら、美しくない女形を捕まえて「化猫」呼ばわりをする必要はない。彼はなぜそんなきつい言い方をしたのだろうか。この源之助論に理由を探るなら、東京で見ることになった歌舞伎への一種の違和感があげられる。東京の歌舞伎への反撥と言った方がいいのかもしれない。大阪の歌舞伎に馴染んでいた折口は、「東京の女形は、明治以後、早くから女らしい女形になった」（二二-二四）と言って、五代目中村歌右衛門が舞台上で「上半身肌脱ぎになつて化粧する場面を見せた」ことを、「芝居の方からは謂はゞ邪道である」（二二-二四）と苦言を呈した。これではまるで醜い顔の男が女を演じてこそ歌舞伎になると言っているようである。いずれにしても折口によれば、「かうして美しい東京の女形は、女優にだんだん近いものになつてしまつた」（二二-二四）のである。

次の市村羽左衛門論では、容姿についての記述は少ない。それでも、明治三五年頃の板東家橘（羽左衛門）と尾上栄三郎（梅幸）について「其までの俳優には此二人ほど美しい素顔はなかつた」（二二-五三）という表現を引いてきて、「此二人の美しさは、かういふ言い表し方をしてよいのではないか」（二二-五五）と述べている。

中村魁車を論じた「街衢の戦死者」では、「役者容姿論」という三頁ほどの一節をもうけて容姿を論じている。内容について、先の源之助論で語られていたことに付け加えるものはない。それでも一つあげておけば、源之助に言及しているところで、「金襖背負つて立つた時など」の「生人形の観のある舞台」では「優美でもなく、凛々しいといふのでもなく、全く其以外の、芸などは問題にならぬよさ」と言っているところがわれわれの目を引く。容姿が、芸を超えて圧倒的なものになることを折口は強調した。

容姿についての記述が、いわば頂点に達していると言えるのは十一代目片岡仁左衛門を論じた「戞々たり車上の優人」という一篇である。全集本で二十頁ほどの分量だが、その半分を、折口がたまたま市中で見かけた仁左衛門の容姿を語ることに費やしている。彼は、この役者を十四、五歳の時に大阪の路面電車の停車場で見かけた。「何処かへ使いに行つて、帰り途ここへ出てきた私より前から車を待つてゐる中年の人がゐた。背のすらりと高い……」（二二-一五三）というところから始まり、着ている服や帽子の説明が二頁も続いて、「その帽子を取った顔」（二二-一五三）が描写されている。

「今思ふと、その鼻である。鼻と脣とを繋ぐ線の張り。其から下唇を越して顎・咽喉へ続くくねり——、目を閉ぢて思ふと、額から眉間、鼻準を通り、口・咽喉と連なつている曲線が、ぴんと張つて居て、なめらかに流れるといふのとは、変つてゐた。」（二二―一五六）

ここに取り出された顔は、身体の一部に関する記述という閾を超えて、何かもっと別の、ある独立したイメージと言っていいようなものになっている。日常的な顔の描写といったものではない。この後、二十年以上たって、東京の歌舞伎座の近くで馬車に乗った仁左衛門を折口は見ることになる。最後に、つまり三度目にこの役者を町中で見かけたのは、新橋演舞場に浄瑠璃を聞きに行った時であった。「もうよほど年も寄つてゐたし、顔もすぼみ、顎もつまつてゐた」（二二―一六三）と、その顔の印象を述べる。続けて、「此三度の遭遇を聯ねて考へると、何となく彼の一生の一部を断片的に見てきたやうな気がした」（二二―一六三）と言って、仁左衛門という役者に関する考察が始められる。その部分では、取りたてて容姿との関係が議論されるわけではない。それを読むわれわれとしては、なぜあれだけの頁数を費やして仁左衛門の容姿、とりわけその顔について語る必要があったのかと思ってしまう。折口はどうして役者の容姿にこれほどこだわったのか。

五　容姿と芸

折口は容姿と芸との関係をどのように考えていたのだろうか。

彼の発言を待つまでもなく、これについては歌舞伎に関する議論でよく問題にされる。醜い女形の顔が、芸によって町娘にも、赤姫にも見えてくる。芸がなければ、白塗りをしたグロテスクな男の顔にすぎない。歌舞伎には女形がつきものなので、これはごく基本的な認識であり、それは折口も心得ていて、次のように言っている。

「私の見た時代は女形凋落時代で、大概みんな化猫女形ばかりであつた。又歌舞伎見物には、見物にとつて、舞台に出てくる役者は一種の記号のやうなもので、美しい顔をしてゐようが汚い顔をしてゐようが、ともかく舞台で役者が動いてゐればよいので、後は見物がめいめい勝手に幻想のやうなもので、いろいろに芝居を作つてしまふやうなところがある。だから、女形の顔の美醜などは、以前はそれほどたいした問題にならなかつたと言へると思ふ。」（二二－二二五）

それにしても、と思わざるを得ない。こういう認識のある者が、どうして「化猫」だの「グロテスク」だなどと言うのだろうか。折口はこの矛盾について、どこにも書いていない。彼の贔屓にした役者に醜い顔の者はいないと言っていい。また、醜い女形の名前を彼は列挙したが、彼らにオマージュが捧げられているわけではない。「役者は顔が命なのです」（二二－二九五）という一般的な見方を彼も紹介しているが、これはもちろん美しい顔をよしとする立場であり、それは彼も認めているから、この言葉を引き合いに出したのである。にもかかわらず、彼はグロテスクな女形に惹かれていた。そう考えなければ、以上に示した役者の顔についての議論は理解できない。仁左衛門の端正な顔を讃える一方で、彼の目は化猫女形に釘付けになっていたのである。この経験の意味とは何か。

ここで折口が『かぶき讃』で対比的に芸について論じているくだりを少し詳しく見ることにしたい。まず六代目菊五郎批判である。

「菊五郎は、歌舞伎第一の性格役者と言はれてゐる。だがまことは、実生活の意義を、外的表現の最も純粋な写形表現において考へてゐる。さうする事が、性格を描写する正しい道だと考へて来てゐた。だからその描写の対象は、極めて細かに区分せられた職業・階級の生活様式に一往入れて行く。だから極めて精細に確実に描写せられた行動の上に立つ、無性格人が表されてくることが屢ある。」（二二一一〇二）

折口は、菊五郎を嫌ってこう言っているのではない。むしろその逆であった。ここで理解しなければならないのは、折口の芸に対する姿勢といったものである。それは次の文章に示されている。

「私は憎々しくものを言つてゐることを恥じる。だが、菊五郎の表現論をして、延若を揚げようとするつもりはない。唯芝居の性格描写と言ふことが、そんなものであつて、ある通有性を詳細巧緻に描くことに了つて、到達した性格ならざるものを性格だと誤認することがあり、之に批評家・同業優人その他識者の「見巧者」が煩ひして、技巧万能に傾くことを言ひたがつてゐるのだ。」（二二一一〇二）

折口は技巧に走ることを「合理性」の追求だとして嫌っていた。とはいえ、嫌うとわれわれが言い、「憎々しげにものを言つてゐる」と折口が語るのは、単に合理を否定すればすむと考えられてはいないからである。菊五郎の演技を単純に小手先のものとして片づけるわけにはいかない。合理性も時間がたてば自然に見えるようになるからである。折口の『かぶき讃』の編纂が始まるのは昭和二一年だが、その年に出た『日本民俗学講座』への原稿の中で次のように語っていた。

「われわれのような民俗学の立場にいるものは、ものごとの自然に発生することを尊ぶ。そうではなくて、力によって行なえとせまって来ようとする、あるいは、あるときの流行で合理的気持ちで取り込んで守ってきたものがある。できたときには不自然だったものも、時がたつとおだやかにとけこんできて、その様式で生活することに不都合を感じなくなるのだ。するとこれもわれわれの民俗である。」(ノート編追補一―三三二)

自然と人為とはとけあって、後の人々に自然と見えるようになることがある。したがって、菊五郎の芸についても、それが歌舞伎の自然な展開によると見るものも出てくるだろうし、それを真に受けるということもあるに違いない。「鏡獅子」を踊るときに、新しい工夫を求めて本物のライオンを見にいったという菊五郎のエピソードに感心して、そこに新しい歌舞伎の方向を感じるということは十分に考えられる。しかし、折口はそうではなかった。今の引用はそのことを示している。では、すぐれた歌舞伎の演技とはどのようなものか。

折口が菊五郎で批判したのは、今見たように、リアルな演技ということに関してであった。裏長屋にすむ左官職人を演じようという役者が、いかにもそれらしい仕草をし、台詞回しをすれば見物は喜ぶかもしれない。折口の贔屓にした源之助の亡くなったのは昭和十一年。その頃は、まだ江戸時代の庶民の記憶が何処かに残っていて、当時の風俗習慣も今よりは実感を持って受けとめられたのかもしれない。したがって観客は、今のわれわれ以上に、世話物のリアルなところを認識できたと考えられなくもない。いずれにしても、そのリアルな演技を、菊五郎に関しては彼は評価しなかった。そこにあるはずの人間が見えてこないというのがその理由であった。こう言っている。

「舞台批評に繰り返される道玄・長庵を演じる基礎としての写真表現は、おそらく道玄・長庵以上に、さうした職業人の習性又さういふ悪人らしき者に共通する生の様式を表現してゐることは事実である。識者はそれに心づき、その準備行動の周到なのを喜ぶのである。だが、其は性格不明な座頭が蕎麦を喰い、老車夫が如何にも老車夫らしく車を挽く様を演じてゐる場合と、ちつとも違つてゐないのである。畢竟、菊五郎ほどの人間が、かう言ふ段階の写形に止つた理由は、性根の意義の解釈が異なつてゐて、性格表現とは別なものに向いてゐたからである。」（二二－一〇二）

折口が、仕草を真似るというレベルで菊五郎を批判しているのではないことは、「生の様式を表現している」と言っているところから類推できる。菊五郎は市井の悪人を実にそれらしく見せた。併し、世話物の悪人をリアルに見せるということはできても、なぜその人間が悪に手を染めるようになったのか、そこまでは表現できていない。演技力はある。だが、そこに人生を感じない。折口はそう言って、批判しているのである。器用に庶民の姿を演じれば演じるほど、名優六代目菊五郎と彼によって演じられる庶民との落差が見えてくる。「うまい、見事だ」と「見巧者」たちによって評価されるリアルな演技とはその程度のものである。菊五郎は、歌舞伎の演技の本質を取り違えて、「写形」を完璧にすればリアルさが出てくると考えているのではないか。すでに見たように、折口によれば、それは芸術への道を行くことであった。したがって、菊五郎は近代人であったと言ってもいいだろう。あるいは、にじみ出てくるような生活感のある演技を大事にした関西歌舞伎の芸風に原点があった折口から見れば、この菊五郎批判は当然だという人もいるかも知れない。では、折口のこだわった歌舞伎の演技における「性格」とはどのようなものであったのか。

「伊勢音頭恋寝刃」の主人公福岡貢は元武士である。職業は御師。折口によれば、「菊五郎だと、貢を演ずると、極度に御師にならうとする」（二二―一〇三）。だが、そんなことに必然性はない。「神主に見えても、郷士になつても、乃至は医者の食客に似ても、大して不審は立たないと言ふ生き方が、ほんたうなのではないか」（二二―一〇三）と折口は言う。実際、われわれの生活を見ても、いかにもそれらしいという人物に出会うというのは多くあることではない。たれが見ても、いかにも「御師」だという形など存在しないと言っていいのである。折口は、過去の上演記録や評判記を調べてみても、リアルに御師を演じたとか、演じられていなかったと指摘するものは見あたらなかったと言い添えている。別な面から見れば、ここで折口が立脚しているのは、ニン（平凡社版『歌舞伎事典』［一九八三］によれば漢字表記は「人」あるいは「人柄」）と性根を基本とする歌舞伎の演技に対するオーソドックスな理解であると言うこともできる。ニンにない役をどんなに器用にこなしても、あるいは性根を取り違えても、歌舞伎の演技としては失敗と認定される。したがって、われわれがここに見ているのは、役者の演技を伝統にしたがって評価する見物の姿勢に外ならない。ということであれば、われわれがここで確認するのは、顔にこだわる折口の役者論を彼の歌舞伎演技の理解から引き出すことはできないということである。女形の顔は「化猫」でも「グロテスク」でもかまわないのである。そこにきちんと「性格」が描写され、その結果そこに「人間」が見えてくれれば、顔は問題にならない。

ところで、ここでわれわれの居場所はどこかと言えば、少年折口の、舞台を見つめる目であり、その先にある役者の顔である。演技に本当の人間の姿が表現されているのかどうかを見る視線は、ここにはない。それは、少年時代においては十分に自覚されていないものである。舞台の上で、好きな相手に愛想づかしをされて落胆する男の姿を子供は理解できるが、それを表現する言葉はまだ持っていない。あるいは、その男の奥にある人生を想像することはまだできない。したがって、以上に見た後年の歌舞伎論や、あるいは歌舞伎についての一般的な議論に少年折口の歌舞伎理解を結びつけて考えることはできないのである。この少年は何を見ていたのだろうか。彼は舞台の上の像はしっかりと受け止めることはできる。実際、彼はそれに強く引きつけられた。このイメージを見る目、そしてイメージそのもの、それが折口の歌舞伎への入り口にあった。これが彼の歌舞伎論において本質的に問われていたものではなかったのではないか。ここでわれわれはやっと歌舞伎の舞台を見つめる折口のまなざしそのものの中に入ることができるようになったわけである。

六　美と醜

イメージという観点からこれまで見てきた折口信夫の歌舞伎論を考えようとすると、まず美と醜という美学的な問題に導かれる。われわれがあるイメージに惹かれるとするなら、それは美しいか醜いかどちらかである。そして、ここで本質的なことは、どちらか片方だけで話がすまないということである。化猫女形の顔の向こうには仁左衛門の端正な顔がある。折口は、その両方に惹かれている。とりわけ問題になるのは醜いイメージの方であろう。一般的には、それは不快なものだからである。先に触れておいた源之助論の中で、折口は写楽の絵を持ち出して、次のように語っている。

「写楽の絵に表れた女形の醜さは、絵に描くときに隠し切れぬ、男の「女」としての醜さである。写楽はさういふ女形の醜さに非常な興味を持つて、あゝした絵をいくつも描いたのだと思ふ。併しあれは決して誇張ではないので、上方芝居の女形、其に上方の芝居絵は、容貌・体格ともに実に写楽を思はせるものを持つてゐる。」（二二―二三）

折口は、写楽にこと寄せて、ほとんど自分自身のことを書いているように見える。というのも、ここでは女形の醜さが、特別醜い顔の役者が女形をしているところから来るのではなく、男が女を演ずる必然として理解されているからである。だとすれば、ことさら醜いと言う必要はない。しかし、折口はそう言って憚らなかった。なぜか。彼はそこに積極的な意味を見いだしていたからだとしか考えられない。別の言い方をするなら、仁左衛門の美しい顔立ちの本質が、女形の醜い顔に示されているはずだということである。歌舞伎ではこの二つがともに存在していなければならないと折口は気がついていた。ところで、美醜はヨーロッパの美学が問題とするところである。このことについて、アドルノは次のように言う。

「醜がたとえどのようなものであろうと、それは芸術の契機を形成するか、あるいは形成することができなくてはならない。」（AT七四―八二）

この指摘は、芸術であることを拒否する地点で成立する（あるいは、そうさせようとする）折口の歌舞伎論と無縁なものに見えるかもしれないが、そうではない。アドルノのこの一文が正鵠を射ているとするなら、折口がとりこになった醜という契機が、非芸術としての歌舞伎を支えていたと同時に、そのこと自体が美を強く意識させることによって、歌舞伎を芸術に転化させる契機にもなっていたのだということを意味している。アドルノを参照にしたこれまでのわれわれの議論で示されるように、折口は単純に芸術を否定していているわけではない。芸術は非芸術との関係においてこそ認識されなければならないし、その運動の中で理解されなければならないと考えていた。彼の文学発生論はその端的な表現であったということを忘れてしまうなら、そこにいるのは民俗学の調査だけをしてその意味を放棄するただの物好きに過ぎない。「歌舞伎芝居の何をおいても、あらゆる他の演劇にすぐれている点は、感覚的な美が、至る所に見いだされることである」（二二―一九五）と折口が語るとき、そこに醜の契機を見ないでは、彼の言うところを理解することはできないだろう。折口が、歌舞伎を神事だと見て、演劇というジャンルに入る芸術表現であるとは認めなかったのは、美学的に言えば、醜という契機においてすでに芸術という契機を歌舞伎が含むと判断した限りにおいてである。美醜とは審美的概念である。したがって、それは神事としての芸能の外部（芸術）に存在する。醜（化猫）の契機を強調するとき、彼にはみずから批判していた美学の観点が、自分の視野のうちに根を下ろしていることを悟ったはずである。われわれとしては、さらにもう一つ指摘をしておきたい。

写楽の浮世絵に関する折口の見解によれば、繰り返すが、醜さとは「男の「女」としての醜さ」であった。ところで、なぜそういうことになったのか。折口はことさらに言及していないが、それは寛永六年（一六二九年）に徳川幕府が女芸人を全面的に禁止したからである。その結果、直面で芸をする歌舞伎において、女性という自然が禁じられ、「男が「女」を演ずる」ことによる醜が形成された。そのことによって、美が意識されるようになったと言うことができる。つまり、醜が歌舞伎に持ち込まれたのは審美的理由によるのではなかった。それは芸能の外部から偶然に持ち込まれたのである。ここに美醜の問題が生じたが、これによって事情は錯綜する。歌舞伎の歴史では、女形芸の基礎は芳沢あやめと瀬川菊之丞によって作られたとされる。二人とも日常生活にいたるまで女性のように暮らした（そして、それがいかにも女性らしい）ということで評判を取った。つまり、「男の「女」としての醜さ」を言い立てるようなグロテスクさはなかったと、当時の人に思わせたのであろう。あるいは、そういう生活と芸そのものが、そのことを気づかなくさせたと言うこともできる。では、この二人は〈女〉としての美を手に入れたのだろうか。そうではあるまい。美醜の差を超越したと言うべきであろう。アドルノによれば、美醜という「この二つの範疇は定義による固定化を嘲笑する」（AT七五-八二）。これは、とりわけ近代以降の芸術史をひもとくなら、たれにでも気のつくことである。それは醜として登場したもの、つまりショックを与える表現が美として受け入れられるようになる歴史である。だが、アドルノは単に歴史的なことを述べたのではない。そこに何らかの「調和」あるいは「和解」があるように期待することを批判しているのである。美醜とは判断であるが、その前提には直観がある。この事態にすでに両者の「和解」があるわけではないとアドルノは見た。これは折口の役者容姿論を考えていく上で、本質的な手がかりとなるだろう。というのも、イメージ（直観）と本質（悟性）に分裂しているように見える彼の歌舞伎への考察を理解させてくれるように思われるからである。アドルノにとって芸術作品は直観と精神とが織りなす一つの過程として成立するものであった。

「だが芸術は、本質的に精神的なものとして、純粋に直感的なものであることなど到底できない。芸術はまた常に考えられなければならない。芸術は自ら思考するのである。」（AT一五二-一六八）

これは折口の議論にも当てはまるのでなければならない。というのも、非芸術としての歌舞伎は、芸術との関係においてそうなのだが、したがって、そこには芸術に見られるのと同類の図式が成立するはずだからである。われわれは、そのことを化猫女形や仁左衛門の顔に、つまりイメージについての議論の中で追求することができなければならない。〈原光景〉としての醜い女形の顔には、直観と精神との二律背反の運動が隠されているはずである。「芸術は自ら思考する sie [Kunst] denkt selber」とアドルノが言った意味はそこにある。存在は、存在すると語られた瞬間に、存在しないものと関係する運動が始まる。この運動とは肯定と否定との関係である以上、相克ないし葛藤と呼ぶべきであろう。思考とはこの運動そのものである。これをアンチノミーと呼ぶなら、それはアドルノがカントを読んで学んだことでもある。折口がことさらイメージにこだわって記述したとき、その葛藤が彼を襲った。ここでわれわれは折口の歌舞伎論の本質を示す問題に突き当たることになる。

七　嘘としてのイメージとイメージとしての真理

一般的にいえば、イメージとは何かのイメージである。何かとは、さしあたってわれわれの周囲にあるものだと言っておこう。それは、そこに見える物である。一般的な理解によれば、物とイメージとは違う。物があると言っても、そこにイメージがあるとは、普通は言わない。イメージには、物だ、と言ってすまされない意味が含意されている。しかし、すべてがイメージであり、したがって一幅の絵だと思ってしまえば、われわれはそれを小さく描き直したり、はっきり見えないところや描ききれないところを自分の能力に応じて描くことができる。それがわれわれの世界であるなら、われわれは世界をこの手に握りしめることができる。そして、それがヨーロッパ近代の発想であったとハイデガーは考えた。彼は「世界像の時代」において、イメージを処理する技術を数学に見る。次のように言っている。

「像 Bild［イメージ］とは、ここでは単なる模倣を指すのではなく、「われわれはあることについて事情を心得ている wir sind uber im Bild」という言い方から響き出てくるものを指している。それはつまり、「事柄それ自身が、われわれ自身に対してそうなっているような具合に、われわれの直前に立っている」という意味である。」（ZW八九-一〇九）

このような立場から見えてくるものに驚きは一切ない。〈事情を心得ている〉からである。したがって、役者のイメージもインパクトを与えるということはない。それが与えられたとすれば、その個人の心理的事情によるのであり、あるいは単なる趣味的な事柄に属するものである。世界それ自身は安定していて、不安などは存在しない。人々はそこで安心して世界と関係を結び、学者はより精密な世界像を描けば、より真理に近づいたと思う。そうした関係を疑う人や、そもそもそういう安定した関係を持てない人は、異常であり、排除されなければならない。――では、真に人間と対象とを考えてみようというときには、物はどのように現れてくるのだろうか。次がハイデガーの答えである。

「存在者は、人間が主観的な方法ですっかり前に立てる［表象する］という意味合いで、初めてそれを直観することによって存在者となるのではない。むしろ人間は、存在者から直観される者、すなわち、自らを空け開くものからそれの許で現前することへと向かって結集せしめられる者である。」（ZW九〇-一一一）

つまり、ハイデガーによれば、われわれが物を見ているのではなく物がわれわれを見ている。そのことによって、われわれが存在していると言うことができる。これはどのようなことか。この主張にしたがうと、折口は仁左衛門の顔を見たというのではなく、見つめることのなかった仁左衛門の顔が彼を見たということになる。折口は仁左衛門に見られたのである。われわれはこのことの意味を考えてみたいのだが、その理論的手がかりとして、ジャン＝リュック・ナンシーのイメージ論を参照したい。ハイデガーのこの文脈が、そこで検討され、活かされているからである。

ナンシーは、イメージを主題とする論文集の冒頭で次のように語った。

「ルネサンスから一九世紀にかけて、ヨーロッパ的思考（自らを西洋化し、それが「世界」だと想像する世界）は、タブローから映写スクリーンへ、表象［再現前化］から呈示［現前化］へ、イデアからイメージへ、あるいはより正確に言えば、空想ないし幻想から想像力へと転換をとげたのである。」（FI一四七‐一七七）

このことの意味が、「嘘としてのイメージからイメージとしての真理への転換」（FI一四七‐一七七）であったと彼は主張する。折口は役者の顔を単なる記号として無視できたはずだが、そうしなかった。彼はそれを丹念に描写した。イミテーションなどではなかったからである。ナンシーの議論にしたがうなら、折口は仁左衛門の顔にその真理を見ていたということになる。これはどのように理解すればよいのだろうか。

八　イメージと構想力

ナンシーは、ハイデガーの『カントと形而上学の問題』をイメージ論として位置づけた。この著作の主たる目的は、カントの『純粋理性批判』が認識論的探求であるよりも、存在論の基礎付けの試みであったということを証明することにある。それがどのような事情でイメージ論だとみなされるのか。

カントによれば、「経験一般の可能性の諸条件は、同時に経験の対象の可能性の諸条件である」（ＫＶ二二一～二二三-(二)四二）。それ故、対象はそれを認識する主観と同じ構造を持つ。対象の認識の考察は、それを認識する主体の考察となる所以である。ここからカントは、対象の経験が、それを認識する主観にア・プリオリに存在する形式によって可能となると考えた。では、そのア・プリオリな形式は、どのような仕方で対象の認識に必然的に結びつくのか。対象はまず直観される。それが悟性によって思考されることになるのだが、両者は全くの別物である。共通するものが、そこにはない。カントの言い方では、「純粋理性概念は元来（感性的）直観とは全く異種的であり、いかなる直観のうちにも見いだされ得ない」（ＫＶ一七七-(二)二三）のである。したがって、ここに「純粋理性概念がどのようにして現象一般に適用され得るのか」（ＫＶ一九七-(二)二三～二四）という問題が生じる。「カテゴリーの現象への適用」という問題である。カントにおいてイメージ、つまりBildが議論されるのはこの場面であった。

ハイデガーによれば、カントの議論の核心は「直観」にある。「純粋理性批判のあらゆる理解に対しては、認識するというのは、第一義的には直観することであるということが、いわば頭にたたき込まれていなくてはならぬ」（PM二一-三二）と彼は強く主張した。カントの『純粋理性批判』第二版では、直観よりも主体の能動的な思惟（悟性）が強調されることになるが、ハイデガーは初版にしたがって、直観と悟性とを鋭く対立させた。対象を直観するとは、それが個別的であるので、他人と共有する契機がないということを意味する。しかし、「直観されたものは、あらゆる人がそれを自分でも、また他人にも理解し得るものとし、そしてそのことによって伝達し得る場合にのみ、認識された存在者である」（KM二七-三七）。ここで「悟性」との差異が問題になる。対立しながらも互いに相手を必要とする直観と悟性（思考）とはどのように結びつくというのか。両者は結合されなければならない。「問われるのは、純粋な普遍的直観（時間）と純粋思考（思念）との根源的合一」（KM六〇-六九）である。ここで、普遍的直観が時間だというのは、外界の刺戟が主体の時間系列の中で序列を与えられるからである。時間のなかで、刺激は一つずつ与えられるようになり、数えられるようになる。まず一つの主体が一つの刺激を受けるというのでなければならない。そこに根源的統一を与えるのが、カントによれば「構想力 Einbildungskraft」であった。

対象が外界からの刺戟として感官に与えられるというとき、そのことだけを見るなら、それはまとまりのない、バラバラで無秩序な、要するに無意味なものでしかない。それが日常的に有用なものになるためには、つまり有意味なものと了解されるには、「あらかじめ「結合」のようなものが理解されていなければならない」（KM八二-八九）。物を物として理解することができるためには、それに遭遇したときにすでに主体の側で直観される感覚情報にまとまりをつける準備ができていなくてはならない。主体は「最初から関係一般のようなものを表象しながら形成する」（KM八二-八九）のである。このような関係を作り出しているのががって、この部分の解釈が、彼自身のカント解釈の核心でもあった。

九　イメージとその本質

ハイデガーによれば、「有限的存在者 Wesen は、存在者を……受容できなくてはならない」（ＫＭ九〇-九五）。無限の存在者は、無限であるので存在者を受容するということはない。ところで、「有限的存在者」つまり人間が存在者を受容するには、つまりそのようなものとして呈示されるには、それに出会う地平が必要である。それがなければ存在者を直観することはできない。物が認知されるためには次の二つのことが必要だとハイデガーは言う。「有限的存在者が、自分から呈示されるものの光景を「形成」するのでなければならない」（ＫＭ九〇-九六）。これを行うのが「純粋構想力」なのだが、これは「「イメージ Bild」のようなものを与えるという意味で「形成的」である」（ＫＭ九〇-九六）。

ここでハイデガーは次のようにも述べている。

「像 Bild という表現は、ここでは最も根源的な意味で取られるべきであって、それにしたがってわれわれは、風景が美しい光景 Bild を呈しているとか、あるいは集会が悲しげな光景 Bild を呈したとか言うのである。」（KM九一-九六）

したがって、ここで問題になっているのは日常的なイメージの根底にあるイメージである。だからといって、ここでイメージが叡智的なものとのみ考えられているわけではない。超越はあくまで感性化の地平において可能になる。そうでなければ人間はそれを受容できない。カントの『純粋理性批判』において、イメージが論じられた「図式論」で問題になっていたのは、「カテゴリーの現象への適用」であった。カテゴリーと現象には共通するものがないからである。そして、共通しない二つの物が結びつくのは、両方に通底するものを持った「第三者 ein Drittes」があるからである。この「第三者」とは「一面で知性的 intellektuell であり、他面では感性的 sinnlich」（KV一九七-(二)二四）な表象である、これが「図式 Schema」と呼ばれ、イメージ Bild を可能にするものとされた。図式とはイメージの根拠なのである。したがって、図式自身は像ではない。カントによれば、「純粋悟性概念の図式は、決して形象化しえないものであり、カテゴリーによって表現されるところの、概念一般にしたがう統一の規則に則った純粋総合であって、構想力の超越論的な所産である」（KV二〇〇-(二)二七）。

このように見てくると、議論は、あくまでもイメージを可能にするものについてのものであり、最初に指摘したように、われわれが思い描くような具体的なイメージとは無関係と言ってもいいように思われる。しかし、ハイデガーの言い方は大変に微妙である。彼は、「ところである概念にその形象を付与する構想力の一般的な手続きについてのこの形象 Bild を、私はこの概念に対する図式と名付ける」（KM九七-一〇二）というカントの文章を引いた後で次のように語る。

「図式はなるほど形象から区別すべきではあるが、それにもかかわらずBildのようなあるものに関係づけられている。」（KM九七－一〇二）

つまり図式と像とは、「関係づけられている」わけであるから、図式自身は「単純な光景でもなく、写像でもない」（KM九七－一〇二）。「単純な」という言い回しが肝腎であろう。ここに、存在者という感性的な側面を持つものの認識から存在の意味を問う（その限りで、感性的契機を決定的なものとする）ハイデガーの存在論の構想が見えてくる。存在者（感性）を切り離してしまっては、存在論（知性）は意味がないのである。このカント論においても最初の方で、「存在者についての経験は、それ自身いつでも存在者の存在論的な理解によって導かれている」（KM一四－二四）と述べられている。どこまでも存在しているものの経験それ自身において存在が問われるというのでなければならない。この基本的姿勢があればこそ、われわれはこれまで折口の学問の理解に彼の存在論が意味を持つと言い続けてきたのである。(註一)最終的に、純粋に叡智的な世界に飛び込んでいけばそれで良しとするような、存在者の切り捨てはハイデガーにおいては問題にならない。ここで少しだけ折口の考えに立ち戻れば、例えば文学の成立について、彼は次のように言っていた。

「文学の成立は、決して内容に対する反省ではなく、形式から誘惑を感じるやうになることに始まる。つまり、他の目的のために、維持伝承してきた詞章から言語的快感を享け、さうした刺戟の連続を欲する

やうになつてくることを言ふのだ。」（八-九四）

文学という精神的なものが成立するには「感じる」主体の「刺戟」の受容如何にかかっているというわけである。意味されるものと意味するものとの一致（意味作用）を素朴に信じるような立場からは、こういう発想は絶対に出てこない。ここで表明されているのは、文学とはまず声であり、したがってそれは芸能に通じるという発想である。存在者の感性的契機を、結果から逆算して切り捨てるような見方はここにはない。精神すなわち悟性を優位に置くという発想はいわゆる「近代」のものである。折口は「古代」の探求から、それが普遍的ではなく、限定的なものと判断した。ハイデガーに言わせれば、「近代」哲学者カントはその基本において、つまり『純粋理性批判』第一版においてはそうではなかった。彼は存在者の存在そのものを問おうとしていたのである。

ところで、折口が記述したイメージは、仁左衛門の顔にしろ、あるいは民俗学の資料にしろ、ある特別のものであった。特別なものだから、彼は記憶にとどめ、詳細に表現することができた。しかし、今見ているハイデガーの議論では、イメージは可能性の議論に吸収されていくばかりで、具体的なイメージ、まして特別なイメージの議論からはどんどん離れていくばかりである。それは、カントの議論がそういうかたちになっているから無理はないのだが、上に示したように、ハイデガーは言葉の端々で『純粋理性批判』第二版に引き込まれるところにブレーキをかけようとした。そこにどのような問題があったのかを示したのが、ジャン゠リュック・ナンシーのイメージ論であった。

十　イメージの範例としてのデスマスク

『カントと形而上学の問題』第二十節において、ハイデガーは、イメージとは「さしあたり……一定の存在者の光景」（ＫＭ九三－九八）だと言っていた。イメージとは、つまり「常に直観可能なそこのもの ein anschaubares Dies-da」（ＫＭ九三－九九）である。したがってイメージとは、まず日常的なありふれた光景として想定されている。ハイデガーによれば、こうしたイメージには、よく見かけるような風景写真なども含まれる。このようなイメージが成立するにあたっては、「すでに必然的に、家一般というようなものへの図式化する先行的視野がある」（ＫＭ一〇一－一〇六）と見なされる。「先行的態度 Vor-stellung」があるからこそ、直観によってとらえられたものは家なら家という意味を持つことができる。図式とは予見的な規則であって、それがなければわれわれは何も眺めることができない。なぜかと言えば、われわれが有限的存在だからである。人間にとって、眺めは神のように無から生じるわけでもなく、全能の知性のように、一挙に全体が与えられて、それを見渡すというわけにも行かない。そうではなく、「自らに先行し、またしたがって自らを引き継ぐ」（ＦＩ一六二－一九五）という具合に、光景は少しずつ見えていくものなのである。先に引用した折口による仁左衛門の顔の描写が正確に示しているように、ここには時間が本質的に関わる。私は予見的な規則がなければ眺めをそれとしてみることはできないのだから、ある眺めを見るとき、私は同時に過去を、つまり過ぎ去った規則と向き合っているということになる。あるものを見るということは「一つの立場が先行措定される」（ＦⅠ一六三―一九六）ことであって、そこに想像力の働きがある。したがって、本質的に結びつくことのない直観と知性とを結びつける「想像力とは時間のことなのである」（ＡＦ一六三―一九六）。

こうした議論の中でハイデガーは奇妙な例を持ち出した。

家の見える光景といった、ごく一般的な例に終始していればすむところで、デスマスクの写真という例を持ち出してきたのである。写真ということに注目するにしても、風景写真や肖像写真で行論上の不都合はない。「だが、よりによってデスマスクとその写真の例である」（ＡＦ一六三―一九六）。調べ上げた上で、そういう具体性、個別性を感じさせる例は『カントと形而上学の問題』の中に他に一つもないと、ナンシーは断っている。

家や肖像などの例に比べて、デスマスクという例には、読む者の目をとめずにはおかない何かがある。イメージとして、両者には明白な違いがある。家の例では、ある眺め・光景（家の眺め）がすでに産出されたものとしてそこにあり、人はそれを見ているだけである。しかし、デスマスクの例では、そうはならない。それは「自己を示す」（ＡＦ一六五―一九八）。ナンシーによれば、人はデスマスクを見ると同時に、それからも見られている。カントにとってイメージが混乱した感覚情報ではないのは、それが「自らを見るべきものとして与えるべく到来する、あるいは何らかの事物を見させる、そのような可能性」（ＡＦ一五四―一八四）だからである。これを受けてハイデガーは、コピーといえども、それは「事物をコピーするとともに、事物が「自己を示す」こともコピーする」（ＦⅠ一五七―一八八）としている（ハイデガーの原文では「摸像は直接に写像を摸像し、そしてそのようにして死者自身の「形象 Bild」（直接的光景）を示すことができる（ＫＭ九四―九九）」）。私は一挙に対象を把握しない。すべてが一挙に開示されないからである。私は物をしげしげと眺める。写真というコピーされたイメージにしても、それは同じことである。それはホンモノのイメージなのである。だが、ここで問題はデスマスクが死んだもののコピーだということである。死んだ者は、つまり「自己を示すということ le se-montrer」がない。それが、どういう事情によって「自己を示すもの」となるのか。

ナンシーは、ハイデガーの持ち出したデスマスクの例がなぜ目を引くのかということについて、それが「特異な性格」（FⅠ一六四－一九七）の例であるにもかかわらず、持ち出した本人がそのことについて説明していないという「二重の不意撃ち」（FⅠ一六四－一九七）があるからだと言う。デスマスクは、それが写真であったにしても（実際ナンシーは、ハイデガーが見たと思われるデスマスクの写真集を特定している）、見る者は心を動かされる。なぜかと言えば、自己を示すことなどあり得ない物が自己を示すからである。デスマスクを見ると、われわれはデスマスクから見られているという感じを抱く。それは一種の生々しさと言ってもいい。死んでいるのだが、まだ生きているところがあるのではないかという居心地の悪さがある。この「特異さ」によって、実は「デスマスクの例こそが本来の意味での「イメージの」範例だ」（FⅠ一六四－一九七）とナンシーは語る。ここからハイデガーは死者とそのイメージについて、つまりいったいデスマスクとは何かということを議論しなければならないのに、そうしなかった。イメージを論じるにあたって参照される例は、デスマスクの後ではすぐに平凡な家の見える光景などに切りかえられて、第二十節以降は二度とデスマスクが持ち出されることはない。「死に関わる存在を思惟する者［ハイデガー］が、死者の持つ死という性格をめぐって、いかなる考察をも提起していない」（FⅠ一六八－二〇一）のである。このことの意味は何か。

イメージが自己を示すものであるとすれば、デスマスクの顔も見る者を見るということでなければならない。ハイデガーは、「死者の顔が、その面持ちが、盲目の差し向かいを形作っていることに注意を喚起しない」（FⅠ一六八-二〇二）とナンシーは言う。一方で、ハイデガー自身は「死者のイメージは、その死者を、彼のものである、あるいは彼のものであった外観に即してわれわれに示す」（FⅠ一六八-二〇二）と書いた。つまり、ハイデガーは生前の姿を思い起こさせる力がデスマスクにあると言っているわけである。デスマスクの閉じられた目は、当然見てはいないのだが、にもかかわらず見ていると感じられてしまうということをハイデガーも承知していたということである。ナンシーは、このデスマスクの眼差しを「眼差しとしての退引 le retrait en tant que regard」（FⅠ一六九-二〇八）という表現で示した。遺骸は、一般的に考えれば、死んだものとして、そこに置かれた物体であり、それが示すのは過去である。かつて生きていたこと自体が見る者に現前してくるわけではない。しかし、かつて生きていたときに見つめていた目のあるデスマスクが見る者に示すことはそうではない。人がデスマスクに惹かれるのは、それがかつて外を見ていた目を持つ顔そのものだからであり、その目がもう機能していないというかたちで見る者に現前してくるからである。ナンシーは次のように言う。

「眺めることなく、あるいは見つめることのない顔の外観において現前する過去は、眺めの退引 le retrait de la vue を呈示する。」（FⅠ一六九-二〇三）

十一　退引、眼差しのない眼差し

この「退引」という、見慣れない（不格好な）日本語に訳された概念について、ナンシーはことさらに説明していないが、ここでジャック・デリダの使用を参照してみることができる。彼は「隠喩の退引」と題した論文でこれに触れた。この論文はハイデガーの隠喩論を論じたものである。ハイデガーの隠喩論といっても、彼に大部の隠喩論があるわけではない。しかし、その文章が決定的な響きを持っているので、目を引くものになっている。デリダにしたがって、先ずそれを示しておくと、問題になるのは隠喩について言及する二つの文章である。一つは、『根拠律』にある次の一文。

「隠喩的なものは形而上学の内部にしか存在しない。」（SG七二–一〇〇）

もう一つは『言葉への途上』に収められた論文「言葉の本質」にある。

「〈言葉、花として〉という言い回しにおけるこのヘルダーリンの命名を一つの隠喩と捉えようと望む限り、われわれは形而上学の内部に宙づりになったままにとどまるだろう。」（US一九五–二五二）

この二つを単純に読むと、次のように理解されがちである。われわれが多用する隠喩というものを疑いなく受け入れていく限り、そもそも批判すべき近代の主体性の土台となった形而上学という枠組みから抜け出すことはできない。隠喩とは、ひとつの存在をさまざまに言い表す技法だと理解されるからである。したがって、それは存在に対するひとつの立場（同一性の立場）を示している。さまざまの現象（存在者）はあるひとつの存在（本質あるいは神）に収斂する（しなければならない）。存在 Sein について、これまでの形而上学とは別の仕方で思考する（これがハイデガーの求めたところである）なら、このように働いている隠喩というものを批判的に考えていかなければならない。ハイデガーはこの単純な理解に異を唱えているのである。とはいえ、この理解それ自体が、自らを乗り越える手がかりを与えているという立場からであった。

隠喩とは、直接に表現することができないものを別の言葉をもって言いあらわした方が、あるいは直接に表現するよりは別の言い方をした方が、より効果的に事柄が伝達されると判断された場合に用いられる比喩法の一つである。したがって、通常の言い方で支持されるには不十分であり、かつ別の言い方でも十分には伝わらないが、その落差において、直接に表現される場合よりも正確に事柄が伝達されるということにもなる。この隠喩の性格をデリダは「退引 le retrait」という言い方で示した。隠喩は、それが表現する事柄が理解されたときには無用になるものである。それは、だから「ないがしろ」にされる。それにこだわっていたら、誤解を招く。そこでデリダは次のように言う。

「隠喩はおそらく身を引く se retire、世界という舞台から退く、しかも、それ自らがもっとも侵略的に拡張しつつあるときに、それ自らがありとある限界を乗り越える瞬間に、この舞台から身を引く。」（RM

六五–三五)

隠喩が「この舞台から身を引く」ときには、自分と自分が表現するものとの違いを示すために、はっきりと区別をつける。そこには「一本の線 un trait」があるとデリダは言う。隠喩は、それが示すものとははっきりと違っている。そして、それが隠喩として理解されたときには、そこにもう一本、改めて区別をつける線が引かれる。そこからデリダの「退引」という言い方(和訳)が出てくる。「隠喩的なものは形而上学の内部にしか存在しない」というハイデガーの言葉は、それ故、隠喩の否定を意味しない。むしろ、それは隠喩の本質を語っているのである。形而上学を乗り越えるには、形而上学を通過しなければならないが、隠喩を超える場合も同様である。隠喩があることによって、われわれは隠喩ではないもの、それに拠っては捉えられないものの存在に気がつく。「ハイデガーによれば」と断って、デリダは次のように語っている。

「存在は、現前性と真理の動きと不可分であるこの退引の運動において、自制し、退避し、逃避し、引きこもる。こうした存在様態として、ないしはその下に、……自らを呈示しながら、あるいは自らを規定することによって引きこもりながら、この存在なるものは、……すでに、ある種の隠喩–換喩的ズレに身をゆだねているのである。」(RM七九–(下)二〇四)

哲学史にあらわれるイデアやエネルゲイアあるいはモナドとは存在の隠喩である。しかし、だからといって、隠喩と隠喩の向こうにあるものという二項対立的な考えで存在を捉えられるとするなら、それは既存の形而上学に身を置くことにしかならない。存在について、これまでの形而上学とは別の思考を開始しようとするなら、「あたかも隠喩的であるかのようなもの quasi-metaphorique、……つまり隠喩の隠喩にしたがって」（RM八〇-(下)二〇五）語っていくことが求められる。存在は隠喩でしか語れないのである。

ところで、われわれが問題にしているのは「眺め le vue」の中に置かれたイメージである。眺められている光景の中のデスマスクは、物体として現前している。しかし、実際にわれわれが眺めるのはデスマスクをデスマスクたらしめているもの、「一種の居心地の悪さ」という言い方が極端にすぎるというなら「意識にさわってくるもの」である。現前してくるはずのないものが経験されている。それを思い切って言うなら「死」という言葉を使うしかない。デスマスクにおいて先行するのは「死」であり、それがなければデスマスクの眺めはない。過去の死を指示するデスマスクの光景において、眺めの現在は崩壊する。存在するものとは見えている物であり、それはいま見えているそこに存在するというのが我々の日常である。それがデスマスクによって崩れ去って、われわれは不安のうちに取り残される。これこそが、ハイデガーの読んだカント図式論の核心ではないか。こうして、ナンシーは次のように語る。

「眺めの退引の眺め、これこそが最終的にこのテクストにおいて、一連の眺め全体の根底と根源における死者の眺めの形相として、図式化する想-像 Ein-bildung を構成する予見的規則が引き出されることを可能にする境位 élément なのである。」（RM一六九〜一七〇-二〇三）

通常の見ることにおいては、このことは示されることがない。家を見る私に家が襲いかかってくることはない。それはショックを与えず、私が安心して処理できるものである。しかし、それでも、画家が絵を描くときのように、それを繰り返し見つめるなら、そこに異様なものが立ち上がってくるかもしれない（すぐれた画家はそれを表現できる）。デスマスクは、死によって日常から断ち切られていることによって、私が見た瞬間に異様なものとなる。すなわち、デスマスクにおいては「眺めの退引」が起こる。これはもちろん非日常的な特別のことである。そして、他から区別されている、特別であるということがナンシーのイメージ論展開の契機となる。

十二　区別されたものとしてのイメージ

論文「イメージ―区別されたもの」の冒頭でJ＝L・ナンシーは「イメージとは常に聖なるもの sacrée だ」（FI一一‐九）と切り出す。イメージの概念が「聖なるもの」という語に結びつけられると、われわれはすぐにキリスト教との関連を思い浮かべてしまうが、さしあたって著者が示すのは、それが特別のものだということだけである。ナンシーは語源からそのことを示す。「聖なるものとは……分離されたもの、距離を置かれたもの、切り取られたものを意味する」（FI一一‐九）。聖なるものとは通俗的なものから区別される。日常的なものは聖なるものではない。宗教 religion の語源は人々を結びつけるというものだが、聖なるものはそのことには関係がない。「聖なるもの」にわれわれは触れることができないからである。「語義の混乱から抜け出すために、私はそれを「区別されたもの le distinct」と名づけたい」（FI一二‐一〇）とナンシーは言う。

したがって、イメージとは、われわれの周囲にある事物と混同されるものではない。「イメージとは事物でないような何かであり、本質的に事物から区別されている」（FＩ一三―一一）。事物の世界は、有用性の世界なのだから、われわれはそれを自分の手でつかんで使いこなさなくてはならない。聖なるものは「この世界から退引するもの」（FＩ一三―一二）である。したがって、常識に反して、イメージは形態を持たないと言わなければならない。イメージに形態を見てしまうと、たちまち有用性の世界に引き戻されることになり、聖なるものという資格を喪失するからである。

では、聖なるものが形態でないとすれば、それは何か。――「力、エネルギー、圧力、強度」（FＩ一三―一二）だとナンシーは言う。「聖なるものは常に力であり、さらには暴力であった」（FＩ一三―一一）。イメージとは強制するものである。イメージについて語られる美醜は、ここでその秘密を明らかにする。それは判断だが、形態を受け入れた後に、それが為されるのではない。誰にでも受け入れられる形があって、しかる後に美醜が判断されるのではない。判断は一挙に、選択の余地なく行われる。なぜなら、それは形態ではなく、力、暴力だからである。

イメージは「区別されたもの」であり、それ自身が「区別」をもたらす。私は何もない空間に、たとえば円を線で描く。それはいびつなものになっていて、円になっていない。しかし、それは私のイメージでは正確な円の形をしている。私の目に正確な円が見えるというのではない。それは正確な円として見える、ということである。イメージは、「ある描線が引き抜き、隔ておきつ、この退引の描線によって標記するところのものである」（FＩ一二―一〇）。区別されるとは線が引かれることである。イメージは線によって表現される。「弁別的な線が、もはや触れることの次元にはないものを分離する」（FＩ一二―一〇）。この線は実在するものではない。にもかかわらずイメージにおいて、それは実在する。線で区別されたものには、われわれは触れることができない。と言うのも、それはイメージだからである。肖像が肖像であるのは、形態の特徴を線がなぞるからではない。つまり、似ているからではない。線の存在が、ある人物のイメージを生み出すが故に肖像は肖像になる。したがって、肖像はイメージの一例ではなく、範例なのだとナンシーは言う。それは「ある人物の特徴を複製するからではなく、……何らかの事象を、ある内奥を、ある力を引き出し、抽出する」（FＩ一六‐一四）から、肖像となる。

日常の意味の世界から切り離されたこのようなイメージは、では根本的にはどのようにして成立しているのか。その発生はどのように示すことができるのか。

「イメージは常に天空 le ciel から到来する」（FＩ一八‐一八）とナンシーは答える。「天空」とは天国 heaven ではない。それは「星辰がぶら下がっているところの堅固な穹窿、星辰に輝きを分配するものとしての天蓋 voûte のことである」（FＩ一八‐一八）。この言い方は神話に由来する。ナンシーはシュメールとアッカドの天地創造神話からその例を持ってきた。何もない空間が、まず天と地に分離し、そこから宇宙と世界が現れる。われわれに親しい例をもってくるなら、古事記本文冒頭で、唐突に語り出される「天地初めて發けし時」がそれにあたるだろう。それ以前については区別そのものがないのだから、語ることはできない。だから、唐突に語り出される外はない。「天空と大地の以前に、すべてが共に結ばれていたとき、区別されたものは何もなかった」（FＩ一九‐一八）。そこに言葉に対応するものがないから語ることができないのである。天と地、そして影と光とが区別されたとき、「事物は輝き出すことができ、そのきらめきを、つまり真理を手に入れる」（FＩ一九‐一九）。古事記では神の名が語り出される。ここで、われわれは先のカント＝ハイデガーの議論が結びつくことが分かる。その議論にしたがうと、形象 Bild すなわちイメージは、図式によって可能になるものであったが、ハイデガーは（イメージではない）図式においても形象（イメージ）に結びつく契機を強調した。ナンシーは、この考えをイメージ一元論として徹底しようとする。その限りで、図式をになう主体性の契機はイメージ産出の場面から後退することになる。ナンシーはまずイメージの存在しない（したがって言葉のない）イメージを天空という言葉を用いてイメージとして示した。

光が天空を作る。光は陰を生んで、区別が生まれる。「区別されたものは自らを区別し、際立たせる」（FⅠ一九‐一九）。最初は天空と大地の区別である。次に光は大地そのものを照らし出す。イメージとは大地に存在するもののイメージである。それは光によって浮かび上がる。それは区別されるのだから、「すべてのイメージは自らの天空をもつ」（FⅠ二〇‐二〇）。イメージとは私によって見られた事物の影ではなく、それ自身においてイメージとして存在する。少年折口が大阪の停車場に仁左衛門の姿を認めたとき、以上のことが起こっていた。停車場に居合わせた普通の人々はイメージではない。そこに光はない。仁左衛門がイメージとして折口の前にあらわれたとき、仁左衛門が折口に触れたのである。触れたというのは似ていたということである。ナンシーによれば、「私自身もまたそのイメージに似ていない限り、イメージというものはあり得ない」（FⅠ二一‐二二）。くり返しておけば、イメージがイメージになるのは形によるのではない。デスマスクが私に襲いかかるのは、それが私に似ているからである。似ているとは、形が似ていることではない。イメージに出会うとき、私はそれをしげしげと他の何かと見比べているわけではない。「……魂それ自体がイメージに自らを押しつけ、イメージに寄りかかってくるのであって、あるいはむしろイメージとは、このような圧迫、生気、情動である」（FⅠ二一‐二〇）。こうして、私はイメージから目をそらすことができなくなる。

ここでわれわれは、折口が仁左衛門という役者の本質とか存在そのものに触れたと言っているのではない。あるいは、偶然の邂逅が自分の関心のある人物についての直感的洞察をもたらしたという神秘の話ではない。そこにイメージが出現して、折口がそれを受け止めた、そのとき彼によって何が思惟されていたのかということが問題なのである。イメージは浮かび上がり、背景から切り離された。「剥離の作用によって」（FI二三-二二）イメージは周囲の状況と無関係になり、それを見つめるものの正面に据えられる。「この二重の作用において、根底は消え去っている」（FI二三-二二）。これが眺めにおける「退引」の働きである。「根底というものの本質、あらわれないという本質においてそれは消え去っている」（FI二三-二二）。つまり、そういう形で根底が告知されているのである。仁左衛門の顔のイメージは彼の存在そのものを直接に告知していない。だからこそ折口はしつこいほどそのイメージを描写した。

イメージは、イメージされるものとの類似を一方的に破棄することにおいて成立しているのではない。イメージは形ではない。しかし、それは形が無視されるということではない。別の仕方でいうなら、仁左衛門の顔の経験が、事物の類似という水準のものであったのなら、折口はあれだけ克明に言葉で描写する必要はなかったはずだということである。それだけのことであるなら、通り一遍の描写をして、あとは顔写真でも挿入すればすむ。ナンシーは、「同じであること le mêmeté」という言葉を使って説明している。すなわち、「イメージは、事物そのもの、あるいは物自体ではなく、現前する物の「同じであること」である」。この意味は「退引」の論理にしたがうなら、同じではないということである。しかし、それは可能な限りイメージを克明にたどる限りにおいてしか示されることがない。したがって、ナンシーは次のように言うのである。

「それは、言語と概念の「同じであること」とは「別の同じであること」であり、同一化にも意味作用にも属さず、……イメージにおいて、イメージとして、それ自身によってのみ支えられる「同じであること」である。」（ＦＩ二四–二四）

仁左衛門の顔の線とは、それ自身が産み出す形を伝えているのではない。その線が、線で示すことのできないイメージを示す限りにおいて仁左衛門の存在を伝えているのである。別の仕方で言うなら、実際の人物に似せて制作される肖像画は、リアルなイメージであるためには、似せることを断念しなくてはならない。折口による仁左衛門の顔の記述は、実際に折口が記述したその通りにたれもが見ているといったようにはなっていない。「イメージと暴力」という論文で、ナンシーは、イメージを成立させる「力」がもたらす統一について述べた後で、次のように言う。

「こうした力において、あらゆる形態が、自らの形を歪め、あるいは変形する。イメージは常に力学的もしくはエネルギー論的な変容である。それは形態の手前から発し、その彼方にまで突き進む。あらゆる絵画が、もっとも自然主義的な絵画でさえもが、このような変容をもたらす力である。力は……形を歪める。それは諸々の形態を跳躍へと、あるいは投擲へと運び去り、この跳躍と投擲において諸形態は、解消されたり、あるいは超過されたりする傾向を示す。」（ＦＩ四八–五三）

リアリズムを追求すればするほどリアリズムから離れていくことは、美術史のさまざまな局面がわれわれに示すところである。仁左衛門の顔の記述が非現実的なものであることは、それを読む者にとっての第一印象であろう。さらに言えば、仁左衛門の顔が最初に現れる大阪の停車場の光景自体が、非現実的であると言っていい。あの文章の始めで、われわれはいきなり、用事をすませて帰宅を急ぐ折口少年の姿を目の当たりにするが、その光景自体がすでに現実味を失っている。それを読むわれわれは帰宅を急いでいる子供のことを知ろうというのではなく、役者論を読もうとしている。少年折口も、大阪の路面電車も無関係である。さらに言えば、ここでわれわれが読んでいるのは、仁左衛門の顔の客観的な記述ではなく、一編の詩であると言うべきだろう。ナンシーは詩的イメージについて「類比や比喩、アレゴリー、メタファー、シンボルの作用がもたらす装飾ではない」（ＦＩ二八−二九）と主張する。それは詩の内容を補完したり、拡大したりする意味作用的なものなのではなく、言葉の存在（こう言ってよければ、ラカンのいう意味でのシニフィアン）にかかわる、いわば物質的とも言える効果である。詩において、その言葉は意味作用に還元されず、言葉の存在自体がもたらす音や配置、さらにはその歴史的背景にまで及ぶさまざまな効果を帰結する。ナンシーによれば、詩的イメージとはそのすべてを言う。

イメージというものが以上に述べたところにあるという見方を取るなら、そしてそこに折口の経験したイメージが結びついていくのだとすれば、彼の歌舞伎論を、演劇という概念から理解するのでは不十分にすぎると言わざるを得ない。さらに言えば、折口の歌舞伎論を演劇という切り口にのみこだわって理解するのは誤読に通ずるものだと言ってもいい。彼の歌舞伎論は今述べているようなイメージをめぐる存在論的な思索という文脈の中でまず理解すべきであろう。

十三　記憶された〈映像〉

昭和二四年の春、「女殺油地獄」を見てきた折口は、それについて、出来は悪くなかったが、かつて見た実川延若の河内屋与兵衛が忘れられないと書きつけた。それは「度を超えて優秀な技芸であつた」（二二―八三）。とはいえ、それはもちろん昔のことであり、今に再現できるものではない。これを受けて、次のように語っている。

「明治大正の時代は、貴かつた。その劇も、音楽も、浄い夢のやうに虚空に消えて行つた。はじめて、この河内屋与兵衛を見たのは、今の実川延若の延二郎と言つた頃である。」（二二―八三）

これはもう批評というものではない。詠嘆と言うべき文章であって、分析すべき内容はない。分析するなら、詠嘆は消えて、この文章の存在理由は失われてしまう。「もうこれ以上の感激はあるまい」（二二―八四）と思ったとも書いてある。では、折口は何に「感激」したのだろうか。延若の芸であったと答えるべきだろうか。歌舞伎においてよく問題にされる「型」の分析をここでわれわれは期待すべきなのだろうか。たしかに、『かぶき讃』に収められた一連の役者論においては、それぞれの役者の芸の由来を尋ねるという仕方で、そのことに言及されていた。しかし、その文脈においても議論の核心部分にイメージへのこだわりが見られる。この延若論で見ると、まず言葉である。「ことばの色やあくせんとに導かれて来る地方人の慣性、其を表現せなければ与兵衛はない」と言って、次のように折口は続けた。

「都市に慣れながら、野性を深く持つのが、大阪びとの常である。彼らは、江戸人の常誇りのする洗練を希ふことがない。所謂えげつなさを身につけてゐる。……人間の強さの底を知ると共に、自分の弱さを、互いに表現しあつて恥としない大阪びとの普遍性なのであつた。こゝに力点を置かぬ性格描写は、恐らく近松の予想した役の性格とは違つて来るであらう。延若の与兵衛は、後世に牢記せらるべき一つの歌舞伎性格の一基準となるであらう。」（二二-八五～八六）

これは延若のサウンドイメージについて語っている文章、あるいは大阪弁の本質論と言っていいだろう。当然ながら、折口自身の持って生まれたものに結びつく。大阪弁をきちんと発音できなければ近松の劇にならないとは今日でもよく語られることである。それが単なる技術的なことではないことが、東京の「洗練」追求と対比させられて、主張されている。折口は、つまり、ドラマではなく、イメージに目を向けているのである。彼は、さらにここで「芸容」という言葉を持ち出して、そのことを強調した。

修練という点では、あまり環境に恵まれなかった延若は、今に見ていろ（「見てゝ居いよ」）という気持ちで研鑽を積んだ。その気持ちをぶつけた相手は、折口によれば、中村鴈治郎である。「大阪でも既に、鴈治郎・我当・巌笑の時代が来てゐた。其中鴈治郎は、飛び抜けて美しい芸容を持つてゐた。容貌・体格兼ね備わつて輝くやうな芸容を持つてゐた」（二二-九二）と折口は書いている。出発点において延若は鴈治郎ほどの芸容はなかった。「父延若とても、美しい顔ではなかった」（二二‐九二）と言って、息子延若が取りたてて美しい顔立ちではなかったことを示している。もっとも父延若の方はそれでよかった。時代が美しい顔を求めていたわけではなかったからである。だが、時代は変わった。美しい顔を持った鴈治郎の芸が受けるようになった。「彼［延若］の芸の辛酸は、実にここから始まるのである」（二二‐九二）。それからの長い鍛錬が延若に独自のものを与えた。折口が言葉の次に、修業時代を語った後で持ち出すイメージは、延若の目である。

「其にあの目である。鴈治郎の目の美しさは言ふまでもない。ところが、真実を表現し、美の哀愁を発露しなければならぬ役どころに、相応不似合な資質を持つた延若の目が、どうしてあのやうにしんじつを、愁ひを、訴へを、憐れみを、同感を、歓喜を表現したであらうか。偏に、その長い修練の致す所を思ふ。……この目の芸を、この後誰が伝へてくれるだらうか。」（二二‐九五）

声と目。折口の役者論は部分のイメージをめざす。合理的思考をもってするなら、それらの部分は全体の芸あってのものとされるだろうが、折口がそのように語ることはない。全体の意味作用ではなく、シニフィアン（一つ一つの意味するもの）の絡み合いが紡ぎ出していくものに彼の関心は向けられている。芸について論ずるとは、一方で詳細な動作を具体的に問題にすることであり、その手がかりとなる「芸談」が残されている。しかし、折口はそのような文章を正面に持ち出すことはしない。折口の歌舞伎への眼差しは全体の動作よりも、それが集約される一瞬のイメージに向かう。「芸容」という言葉に彼が与えているのはそのことである。

「芸容は唯舞台の上の容貌ばかりを言ふのではない。若干の動きの、之を助けて、多少の心理内容を、その舞台顔に持たせることに初まる。」（二二―九八）

では歌舞伎の演劇としての側面はどうなるのか。

「見巧者」ぶって、あるいはいっぱしの「通」気取りで言ってしまうと、それは約束事の世界である。歌舞伎で言う「世界」が決まれば、後は役者の演技の基本はそこから引き出されてくる。役者の細かい仕草から、衣装、道具にいたるまで「型」という枠の中にあり、その中で役者たちはさまざまの工夫をするということになる。極論すれば、ドラマは既に分かっているので、それはどうでもいいのである。上方の芝居の特質はそこから引き出されてきたのではないかと折口は見た。「大阪芝居は、芸容を賛美点として、それ以外の芸の諸面にはたいした価値をおいてこなかつた」（二二―九九）と言っている。延若はこの芸容を手に入れるべく、鍛錬に鍛錬を重ねた。この観点からすれば、リアルな芸を求めた菊五郎の芸が批判されるのは当然のことであろう。菊五郎は芸を技術に還元して、それを追求したからである。技巧ではなく、芸容を追求した延若は、真の意味でリアルな人間像を表現できたと折口は見た。延若は「英雄に恋した廓の女の悲劇」を描いた新作で主人公を演じる。普通なら「失意の極の女」になるところだが、彼は違った。

「延若が見物に与へた印象はさうではなかつた。さうした苦しい生の反覆に、その目を掩ふことなく、之に堪へて清く此世に生きていくだらうといふ信頼を寄せることができた。さうして見てゐる自分たちも、然幸に生きるだらうと言ふ心が起こつた。此は、今の私には説明しきれないかも知れぬ。つまり人間としての表現力において、延若に遙かに劣つてゐるからだ。」（二二―一〇七）

思い入れの強い言い方だが、それだけにこの文章は通俗的な感想文もしくは「印象批評」という理解に落とされてしまう可能性が高い。しかし、この文章を成立させているのは、延若という役者に芸容を、つまりイメージを見る折口の視点である。「英雄に恋した廓の女の悲劇」が「失意の極の女」を示すことに終わるのであれば、それは単なる事物の呈示であり、イメージは言語に回収されて消えてしまう。しかし、延若はそれ以上のことをしたと折口は強調する。彼は、見物の安っぽい期待を裏切って、その向こうに存在する女の姿を表現したのである。「イメージの奥底には想像力がある」（ＦＩ一七六―二一二）。想像力とは感性と悟性とを結びつける主体の能力であった。そして、ハイデガーの強調したように、感性が告知するのは、主体の向こうにある、外部にある存在、他者である。「他なるものは、私と差し向かい、そうすることで他なるものとして自己を示す」（ＦＩ一七六―二一一）。折口はこのことに思い及ばず、自己の知に女を還元しようとした。だから折口は「遙かに劣つてゐる」と自らを恥じたのである。

折口によれば、この延若論は折口の少年時代の経験に基づくものだという。次のように述懐されている。

「私の生まれた大阪の家の東隣が鰻屋で、そこの長男が早く役者になって三桝稲丸の弟子入りして、稲桝と言つてゐた。その人の弟といふのが兄貴に弁当を搬んでは、殆毎日芝居を見て来る。その子につれら

れて、私も小学校に通ふ頃から、芝居を楽屋から入つて見ることを覚えていた。」（二二―一一〇）

そして、行を変えて折口は次のように続けた。

「幼い頃の記憶はあきれるほど残つてゐないものである。だがどう言ふ訣か、覚へてゐる一こまの映像がある。」（二二―一一〇）

この「映像」というのが、延二郎と名乗っていた頃の延若であった。折口はこの「映像」から歌舞伎の世界に入っていった。彼が学問に入っていく道筋は言語（短歌）とイメージ（映像）によって与えられたものであり、その両方を見据えなければ彼の学問の基本は理解できない。普通ならば、イメージを言語に還元し、それを知識で補強して学問と称する。しかし、折口はそれを拒否した。そこに彼の学問発生の現場があった。

十四　テキストとイメージ

折口の学問は、一般的には文学研究を土台として成立したと受け取られている。それに異論を挟むつもりはない。彼の業績は言語に定位するものであった。しかし、これまで見てきたようなイメージへの関心をそこに位置づけてみるなら、言語に定位した研究というだけでは折口の研究をまとめきれるものではない。彼にあっては、相互に還元不可能な二つの領域、つまり言語とイメージへの関心が初めからあって、それが彼の学問を形成していった。このことを彼の民俗学研究で示しておきたい。

折口の民俗学研究における最初期の有名な論文「髯籠の話」の冒頭は次のようになっている。

「十三四年前、友人たちと葛城山の方への旅行した時、牛瀧から犬鳴山へ尾根伝ひの路に迷うて、紀州西河原という山村に下りて了ひ、はからずも一夜の宿を取つたことがある。」（二-一七六）

これは、学術論文の内容とは何の関係もない個人的な文章である。これがもし論文の内容に関わるとするなら、それは著者がイメージを喚起しておきたいからであるという理由以外に、われわれには考えられない。

この西河原という山村で見たのが「髯籠」であった。髯籠とは「よりしろ」、「をぎしろ」の類である。その考察の手がかりとして彼は「標山」の例を持ち出している。これを彼は次のように説明した。

「避雷針のなかつた時代には、何時何処に雷神が降るか訣らなかつたと同じく、所謂天降り著く神々に、自由自在に土地を占められては、如何に用心に用心を重ねても、何時神の標めた山を犯して祟りを受けるか知れない。其故になるべくは、神々の天降りに先だち、人里との交渉の尠ない比較的狭小な地域で、さまで迷惑にならぬ土地を、神の標山と、此方で勝手に極めて迎え奉るのを、最完全な手段と昔の人は考へたらしい。即、標山は、恐怖と信仰との永い生活の後に、やつと案出せられた無邪気にして、而も敬虔なる避雷針であつたのである。」（二―一七六〜一七七）

この説明によって標山について明白で具体的な規定を得ることは難しい。標山とは、人里から離れて、人のあまり行かない区画であるとしか言いようがない。もちろん、土地の人には区別のつくところではある。しかし、外部の人間にはどこが標山であるのかは明白にならない。標山とそれ以外の土地の区別は、その土地の人間の意識、あるいは折口用語を使うなら「実感」とか「経験」によってなされる。われわれが、この記述を理解する手段は、それがイメージの記述であるというところからしか得られない。事物としての土地ではなく、イメージとしての土地がここで語られているのである。ある土地と標山を区別するのは、土地の人によって受けとめられるイメージであり、それでしかない。旅人がそれを知りたければ、その土地の人に憑依しなければ分からないと言ってもいいだろう。つまり、民俗学とは、折口にとってはイメージの学であった。もちろん、この場合のイメージとは、単なる事物の似姿ではなく、「力」としてのイメージである。付け加えておけば、このイメージにしたがって人々は生きてきたということでもある。

もう一つ別の例として、折口が柳田国男の仕事から引いてきた主題を、彼なりに展開して見せた問題で見てみよう。これもよく知られた「石に出で入るもの」という論文である。柳田がいくつかに分類して見せた石に対する信仰が主題になっているが、これを折口は「石誕生」のテーマとして一つにまとめて論じてみせた。例えば、「常陸国大洗・磯前の社の由来は、暴風雨の一夜の中に、忽然として、海岸に石が現れた。その石はおほなむちとすくなひことの姿をしてゐるので、人々不思議に思い、それを国司から京都に申し上げることになつた」（一九-三七〜三八）という話である。

事物としての石はこの世に無数に存在する。常陸の大洗の海岸にもおびただしくあったはずである。そこに「石」が現れる。そして、それが特別なものとして信仰の対象になった。ある特定の石がイメージになったのである。この場合、石がイメージの資格を得るのは類似による。人の形に似ていたのである。それで、海を渡ってきた神と信じられた。それを解釈して、折口は「忽然として出てくると言うても、前から其処にあつたもので、殊に、暴風雨の翌朝などはすべてのものが皆、目新しく感じられる」（一九-三八）ので、改めて見てみると特別な石があると認識されたというわけである。

以前にタダの石であったものが、どうして特別のもの、すなわち何かの（神の）イメージとなるのか。折口によれば、それを見分ける人がいたからである。実際、文字通り人間そっくりの石がそこにあったのなら、誰もがそれに気付いていたはずである。折口によれば、「我々なら、さう言はれゝばさうか、と言ふ程度のものが、神像石になつてゐることが多い」（一九-三九）。タダの石ころと区別されるには、つまり何かが隠れているということを認識するには、然るべき人を必要とする。折口言うところの「巫祝の徒」である。

「然らば、此様なものを、何故巫祝は似てゐると言ふかといふと、さういふ人たちは、石を透して、石の中に潜む物を見分ける能力を持つてゐるからです。」（一九-三九）

折口は神秘的なことを言っているのではない。「石の中に潜む物を見分ける能力」が言葉に結びついているということに注意する必要がある。特別な石は、古代日本においては「玉」と総称された。したがって、

「玉」とそれ以外の石は言葉によって区別される。「見分ける人が、玉と言へば、石でも、人の骨でも、何でも玉です」（一九-三九）ということになる。見分ける人が何も言わなければ玉は存在しない。言葉によって石は玉となるが、そのためには、石はイメージとなって、力を持たなければならない。その力を見通す人物が必要であり、それはその石に似ていなければならない。ところで、「玉」とは「たま」である。折口によれば、「人間の体に内在してゐるものがたま」である。ここで、イメージは形態によって区別されていない。こうして折口は次のように言うことになる。

「それで、此考へによると、たまといふ名前のつくのは、物質の外形には依らないわけです。併し、だん〴〵或物質に限り、玉と感じる様になつてきます。それは、始中終、たまの内在して来る物が定まつてゐるので、玉と言ふと、或物質を限り考へるやうになるのです。それで、常世から来るものゝ、物質は違つてきても、結局同じものである事が訣ります。」（一九-四〇）

こうして「石」の考察は「たま」の考察になり、この後は、それらに関わる、古代文献上の言語表現の探求に移っていく。では、イメージと言葉とは、どんな関係になっているのか。

十五　振動するもの

折口の「水の女」は水に関する民俗学的考察だが、手がかりは出雲国神賀詞にある「若水沼間《わかみぬま》」という言葉である。それは不明のものとして古来学者の問題にするところであった。折口によれば「若水沼間」の「水」、つまり今日われわれの使う言葉である水とは、本来「聖水」であった。水は、現在のわれわれにとっては何でもないタダの事物にすぎないが、かつてそれはイメージであったということである。折口は、テキストの発生論的な探索によって、そのことを示した。折口学においてはイメージはテキストによって、テキストはイメージによって成立している。併し、このことは、折口自身の具体的な解明が示すように、言葉がそのままイメージを説明したり、イメージが言葉の絵解きになっていることを意味しない。それは、言ってみれば、隠されているのである。隠そうとして隠されたのではない。忘却が、隠されているという事態を生んだと見るべきである。標山は、それを記憶する人がいなくなれば、ただの里山になるだろう。あるいは、記憶のない人がそれを発見したら、それは隠されていたということになるだろう。イメージと言葉との関係はここから考えていく必要がある。

J＝L・ナンシーによれば、イメージとテキストとは「退引した同じ一つの現前」（FI一三六―一六一）であった。言ってみれば、二つながらそれは「痕跡」である。それは（ハイデガー＝デリダ路線からすれば）ヨーロッパ近代の形而上学を支えていた「現前」という資格を持つことはできない。くりかえして言っておけば、イメージとは何かについてのイメージであって、その「何か」ではない。イメージはイメージであり、それ自体として私に対して存在する。この痕跡は、自分の方から私に襲いかかってくる。私はそれから逃げることができない。イメージが存在する限りにおいて私も存在するからである。したがって、目をそらすことができない。というのも、ナンシーによれば、「われわれはこの退引ないしこの超出の強度に触れる」（FＩ二五–二五）からである。事物を見るように目で見るだけなら、そこには距離があり、したがってわれわれは目をそらすことができる。だが、「触れてくる」のであれば、距離がそこにはなく、目をそらすように触れるものを押しのけるわけにはいかない。つまり、このイメージに、あるいはこの言葉づかいに、何かずれ込んで指示されているようなものがあれば、私はそれにくぎ付けになる。イメージと言語とは互いに全く別のものでありながら、ぴたりと触れあっている。ナンシーは次のように述べた。

「この不在のものの現前化はいつも形態の現前と意味の現前との間で揺れ動いている。常に一方の現前は他方の現前を参照する。どちらの現前も、ある一つの現前を真に固定するということがない。どちらも現前の自己における不動化としてふるまい（ここにはイメージがある、ここにはテクストがある、すべてがここにあるというように）、そして他方へと向けられた無媒介的な参照としてふるまう。」（FＩ一三六–一六二）

ハイデガーのカント論の輪郭がここに見えている。ただし、感性と悟性の対立に安定を与えるような主体の力は強調されない。対立する二つの事柄は主体において出会うのだが、それは決して「一」なるものに安住することがない。同一性は既に失われている。意味するものと意味されるものとの一致を何らかの形で残そうと考える者には認めがたいヴィジョンがここにある。そのように考えようとする者は、言葉という一つの入り口から見ようとしているのであろう。イメージから意味を考える者にとってはそうではない。構想力をDeus ex machina（機械仕掛けの神）のごときものとして考えるわけにはいかないのである。イメージを認識しようとして、われわれはテクストの方に行こうとするが、テクストはイメージを指示するばかりである。テクストを説明しようとしてイメージに赴いても、イメージはテクストを出発点として、そこに送り返すことしかない。ナンシーはこの事態を「揺れ動くもの l'oscillant」という言葉を使って次のように語った。

「揺れ動くものは、それ故、口と顔との間で、言葉とヴィジョンとの間で、意味の発信と形態の受信とのあいだで揺れている。しかし、この二つのものが出会うように見えるとしても、そうではない。むしろその逆であって、口と眺めとは平行しながら前方へと、遠方へと、無限に交わらない二重の態勢の恒久化へと向けられており、その口と目とのあいだで顔全体が揺れ動いているのである。」（FI 一三七－一六二）

では、何故こういう運動が起きてしまうのか。イメージは何かのイメージであり、言葉は何かを言おうとする（そこで目に見えるテクストが構成される）。われわれは、その何かを求める。そこには欲望がある。欲望とは求められるべき何かと私とのあいだの関係を指し示す言葉である。われわれは求めるものを発話し、あるいはそれを書く。そのすぐ下に、それらのシニフィアンに対応する存在はない。しかし、その音や線があることによって、何処かに、ずらされてはいるが、何かが存在する。なぜなら、われわれの使う音や線は、存在していないもの、存在しなくなったものを指示するために発生したからである。こうしてわれわれは、例えば〈花〉を求める。われわれはそれを「聖痕 le stigmate」（FⅠ一三九－一六五）として手に入れる。立ち去ったところに立つ者は、それがどこに立ち去ったのかと問う。そして次に、その場所を求める。何故か。「何処かに花はある」（FⅠ一三九－一六四）と思うからである。「〈振動するもの〉それ自体の背後に花は存在する。」（FⅠ一三九－一六四）

とはいえ、こういう見方をイメージとテクストとが相補的に結びつくという具合に考えてしまうなら、誤解ということになる。両者の関係には、対立するもの同士がある情況でやむを得ず一緒になってしまった時に生じる緊張状態があり、相互に代理するという関係ではない。「示す monstoration」という言葉からの連想を用いてナンシーは次のように考える。

「互いが互いにとって現示的 monstratif で怪物的 monstreux なイメージとテクスト。Monstrum［神々の告知・怪物］とは、途方もないもののしるし signe である。イメージとテクストとは互いが互いにとって途方もないものなのである。」（FⅠ一二二－一四二〜一四三）

したがって折口信夫においては、文学研究は民俗学研究に回収されるということがなく、芸能史研究は、そこにテクストが深く関わるにもかかわらず、文学研究や民俗学研究に付随しない独立したジャンルを形成するものでなければならなかった。「精神の目と身体の目」（FⅠ一二三－一四四）があるのであって、二つは区別されねばならない。「イメージとテクストとは、互いが互いの弓であり的である」（FⅠ一二四－一四四）ともナンシーは語っている。これは二元論を言っているのではない（「それは貧弱な二元論だが、いずれにしても二元論とはおしなべて貧弱なものである（FⅠ一三〇−一五三）」）。なぜなら、そこに失われた唯一のものが結びついていて、この認識こそが探求を支えているからである。聖痕としての花は、聖痕である限りにおいて、かつて存在したものである。したがって、探求がなければ、われわれはイメージあるいはテクストだけで満足するだろう。折口は次のように言っていた。

「日本の学者の研究法というものは、書物がすべての解決を付けてくれると思うている。それ故、体験のないことでも、学問としては何でもできると思うている。」（ノート篇五−一四一）

折口がこのように言ったのは、イメージにしろテクストにしろ、そこに還元すれば問題が解決するという考え方を批判するためではない。そういう素朴さは彼には無縁である。ここでわれわれが注目しなければならないのは「体験」という言葉であり、それをどう理解するかが問題となる。それこそ、ナンシーがわれわれに見るように仕向けた場面、つまりイメージとテクストとが二つながら緊張関係を持って出会っている場所を言う言葉だからである。この緊張状態は、関係するすべてのものに、その形を歪めてしまうような力を及ぼす。したがって、タダの石が神像になる。ところが、その体験を欠いてしまうと、力は見えなくなり、神像はタダの石となって、「学者」は途方に暮れてしまう。それは「錯覚」であり、物事を見分けるすべを持たない未熟な（合理を欠いた）人間であったという判断を彼らは下すことになる。折口がイメージとしての歌舞伎を発見したのは、テクストを無視してのことではない。テクストに還元できないものが彼には文字通りに「見えた」のである。彼が見たのは、つまりイメージであった。では、彼をとりこにしたイメージとは何か。これまでの論述を手がかりとして、何が歌舞伎のイメージの本質であると言えるのだろうか。

十六　結論　まれびと――イメージを産み出すもの

「人間を深く愛する神ありて　もしもの言はゞ、われの如けむ」

折口晩年のよく知られた作である。これについて「神」という言葉を手がかりに、作者の自己認識の誇大妄想的とでも言うべき側面を言い立てる（あるいは、ほのめかす）解釈を今でも時折見かけるが、それは誤読と言うべきだろう。折口の民俗学研究から「神」という言葉を理解する限り、ここに示された自己認識はてらいのない率直なものである。「神」とは、有限な存在としての人間の他者である全能の存在などではなく、折口用語で言うところの「異人」すなわち「まれびと」に外ならない。「ひと」とは「かみ」であるという彼の基本的認識をここに重ねてみると、そこに自ずから歴史認識があらわれる。「神人」は時代が下るにつれて零落していった。国が大きくなり、共同体がシステム化されて物が人々のあいだに行きわたるようになるにつれて、「神」は落魄していく。

「我の如　その身賤しく、海涯に果てにし人も、才を恃みぬ」

これは、折口が戦前、南京に行った時の作だが、この「賤し」は「神」の落魄した身に、自分を重ね合わせていることを示している。「その身」を「神」とするなら、今のこの身は「賤しく」なっている。折口は、自らを「まれびと」、「異人」と信じていたのである。折口信夫は歌人であった。イメージを記述し、それを探求の手がかりとし続けた折口は、自らがイメージを産み出すものであるという自覚を持っていた。まずこのことを確認しておかなければならない。短歌は、彼にとっては、言葉によってイメージを紡ぎ出すだけのものではない。それだけならイメージは意味に回収される。その音さえもイメージになっていなければならない。彼はそのことを強く意識していた。「短歌はどんな場合にも、快い音楽を奏でゝゐなければならぬ」(三一-六四六)のである。ヨーロッパ的認識にしたがうなら、折口は poeta doctus ということになるかもしれない。しかし、そもそも詩人が成立する文脈が違った。折口が歌人であることの意味は「まれびと」の概念を参照することによってのみ理解できる。それは結局彼の仕事の全体をふり返ることにつながる。われわれはずっとそのことを問題にしてきたわけだが、ここであらためて本稿の文脈に沿って、ひとつのスケッチを試みておこうと思う。

「まれびと」は他界からやって来て、その地の「詞章」を伝える者である。人間の共同体は、その「詞章」によって初めて存立できた。共同体が成立するには、何故この土地に、この人々が住むのかについての理由が必要であるとされていた。その物語をもって初めて人々はある一定の土地に住むことができた。外部からやって来て、その土地の支配を求めた実力者が、地元の人々から排除されてしまった例を折口は示している。その土地の詞章に合わない外部の者がやってきても、共同体を支配することはできない(武力によって以外は)。詞章は村落を作り維持する力があると先史時代の日本人は信じていた。ところで、時代が下るにつれて「まれびと」は零落する。言葉ではなく、生産が共同体の成立基盤として認識されるようになっていったからである。言葉はここで共同体から浮き上がることになる。言葉に抽象性が賦与されたと言ってもいい。これをきっかけとして、言葉自体が独立して認識されるようになる。これが文学の成立に結びついていく。「かみ」ないし「まれびと」の概念も、具体的な意味への拘束から解き放たれ、人々が自由に使用できるものへと変化していった。

ここで分化が始まる。「まれびと」が共同体を可能にする聖なるものであることには違いないが、その中から零落するものが出てきた。これが「ほかひびと」あるいは「巡游神人」であり、具体的には芸能者である。彼らは国々を歩き、さまざまな芸能をあみ出していった。もちろん、歌舞伎もそこに含まれる。したがって、歌舞伎役者とはタダの人間ではない。俳優と書いて「わざをぎ」と読む。これについて折口は次のように言う。

「「わざ」は「わざをぎ」のわざ、または「かみわざ」などという。この「わざ」というのは、神の意志が人間の身体の表出であらわされることらしい。／また日本の「招《を》ぐ」という語は、ただ招くことではない。神を招くことらしい。」（ノート篇五―一四）

俳優とは「神人」である。少年折口が役者のイメージに目をとめたのは贔屓の役者だからでも、すぐれた演技者だからでもない。彼は役者の姿に普通の人間に還元することのできない何かを感じ取ったのである。それは、彼が人一倍鋭敏な感受性を持っていたと言うだけでは十分ではない。彼が人よりすぐれていたのは、率直にものを見つめるという点においてであったと言うことはできるが、われわれとしては、彼が少年であったということに注意を促しておきたい。子供は知識のない分だけ、体験そのものに率直にしたがうことができる。あるいは、それに惹かれる度合いに応じて、それを受け入れることができる。別の仕方で言えば、落魄した神が、毎日小屋に出入りしている少年に目をとめたということである。少年は、それに応えて「石」を見分けた。では「石」の何を見分けたと言うべきか。

折口の有名な「天皇霊」に関する議論が示すように、「神」であるための条件とは、そこに「たま(霊)」が入っているかどうかである。入っていなければ、それは他から区別されない。人間の身体とは、折口によれば、「たま」の入り得る「うつわ」であった。「うつわ」とは「たま」のはいる空洞(うつ)を意味する。神は器、つまり物に降臨する。人形を用いる芸能について、折口は次のように述べている。

「われわれの国では、人形を使う場合と、使わぬ場合と二つある。人形を使わぬ場合は人間が芸をする。人形の場合は、人形を神のしるしにする。人間と、人形をもって神聖な物のしるしにする形としての人形と、こう二つを考えてくると、人形もあり、人間もある形ができてくる。」(ノート篇五―三八六)

人間も人形も、器ということでは違いはない。舞台に立って鎮魂の動作をする者(物)、それらがもつ物も、すべて神のしるしとなる。例えば、日本舞踊ではたいていの場合に演者は扇をもつ。その「扇はあおぐだけの物ではなく、進行の根ざしをもっている。一種の祭りの道具であって、笠と同じように、その下にいる人は神聖な人になる」(全集ノート篇五―六六)。J=L・ナンシーは、デスマスクが「眺めの退引された眺め」

を示すイメージであると語った。死者は眺めないが、それを写し取ったデスマスクを見る者には、かつて眺めていた顔が眺めない顔として与えられる。イメージとして見られた役者の顔とは、零落した神のしるしである。それはかつて神であったことを告知している。したがって、それは今は神ではない。それ故に、そこに神の可能性が与えられる。神の可能性がなければ、役者はただの人間にすぎない。しかしこの可能性は現実的ではない。一度死んだ神が生き返ることはない。つまり、神とは不可能なものである。だが、この不可能性によってこそ神は現実のものとなっている。それを示すのがイメージとしての役者の顔なのである。こうして、折口にとって、歌舞伎は自己の学問と創作の原点として終生離れられないものとなっていった。そこに示されているのは、ある根源的に失われたものだからである。

第二部　折口信夫の芸能論

一　歌舞伎と演劇

折口信夫は、既に少年時代の歌舞伎体験の中で、後年の彼の学問を支える問題を見いだしていた。見いだしたというのが言いすぎだというのであれば、出会っていたと言い換えてもいい。これが彼のイメージ体験の意味するところであった。ところで、それはイメージ一般ではなく、歌舞伎のイメージである。では、歌舞伎とは何か。ここでは先ず、歌舞伎という芸能が西洋哲学の枠組みの中で持たざるをえない居心地の悪さというものを指摘しなければならない。

歌舞伎は、ヨーロッパの美学・芸術学の枠組みで整理するなら、〈演劇〉に振り分けられる〈芸術〉である。折口はこれを批判した。

「……演劇のほうでいうと、日本の演劇は、元は演劇でも何でもなかった。それが、いわば演劇という分類に入るようになってきただけのことである。もし細かく分類して、演劇と舞踏との間にいくつもの細目を立てる人があるなら、歌舞伎芝居までの演劇は、西洋人の考えている演劇とは別のものであろう。演劇の名を使ってもよいが、日本人のは別のものである。」（ノート篇六-九七）

この引用に対応するものをヨーロッパの美学の古典から持ってくると、どのように対比できるだろうか。

ヘーゲルの美学講義に次のようなくだりがある。

「劇は、その内容からしても形式からしても、完全無欠の全体を作り上げているのだから、詩と芸術一般の最高の段階をなすものと見なさなければならない。さまざまな感覚的材料——石、木、絵画、音——などの中で、言葉だけが精神の展示にふさわしい要素であり、さらに、言葉の芸術に含まれる三種類の中で、劇詩こそ、叙事詩の客観化と叙情詩の主観的原理とを内部で統一した芸術である。」（VA四七四–三九二）

ヘーゲルは「劇詩 die dramatische Poesie」という語に見られるように、言葉から演劇を考えた。次のように語っている。

「劇一般に必要とされるのは、今、目の前にある人間の行動や相互関係を、行動を担う人物たちの発する言葉を通して観客に呈示させることである。」（VA四七四–三九三）

ヘーゲルの『美学講義』におけるこのような演劇のとらえ方には、折口が芸能としての歌舞伎に不可欠のものと見た音楽と舞踏とが欠けているように見えるが、そうではない。今引用した演劇に関する一般的規定は、近代劇を念頭においてのことである。ヘーゲルはギリシアの古典劇にあった音楽と踊りとについて認識していなかったわけではなく、ギリシア悲劇に付きもののコロスについても言及している。しかし、彼にとってその音楽的意義は従属的なものにすぎない。「同じことがアイスキュロスやソフォクレスのコロスについても言えるので、それらは、イメージの深さとともに、想像力のゆたかさ、意味のゆたかさをもって、個々の文言が徹底的に練り上げられ、詩としてきちんと形が整えられているために、音楽のつけいる隙がない」（ＶＡ一六三―二〇六）と語っている。劇において実際にヘーゲルが分析したのは登場人物の科白、それから行為であった。結局、それが演劇にとっては本質的なものだということになる。それにしても、古典時代のギリシアを顧みるとき、音楽と舞踏とを無視しなかったのだから、ヘーゲルは自分の思いこみで俳優の演技と科白に演劇の本質を求めたのではなく、近代という時代がそうさせたと見るべきであろう。結局彼は、コロスと舞踏のあったギリシアの演劇から大きく姿を変えたシェイクスピアやゲーテなどの作品分析に力点を置いた。そこから見ると、歌舞伎は、未だに古代の〈演劇〉のスタイルを守っている没歴史的な――アジア的な、と言うべきかもしれない――時代錯誤のものだということになるだろう。われわれは、ここで折口の立場からヘーゲルの演劇論に異を唱えようというのではない。むしろ、ヘーゲルの美学がヨーロッパ近代の〈芸術〉の正確な表現になっているということをまず認識すべきであろう。彼は正確に見ていた。そして、この地点からハイデガーは議論を始めた。

彼の『ニーチェ講義』にしたがえば、近代に入り、人間が自己意識の枠の中に閉じこめられたかたちで捉えられるようになると、「偉大な作品」は生み出されなくなる。自己（意識）の枠の中に閉じこもった主体は、自己を超える絶対者の表現をすることができなくなってしまうからである。つまり、「絶対者を描写するという課題、つまり歴史的人間の領域の中に絶対者そのものを範例としてうち立てるという根本的課題への直接の関わりを芸術は失う」（ＮＷ八三―一〇〇）からである。こうして、ハイデガーは次のようにヘーゲル美学を位置づける。

「美学が高遠さの極致へと完成されたその歴史的瞬間に、偉大な芸術は終熄する。美学の完成は偉大な芸術のこの終焉をまさに終焉として認識し、発言したという点でこそ偉大である。西洋におけるこの最後にして最大の美学がヘーゲルの美学である。」（NW八三－一〇〇）

「偉大な芸術」とハイデガーは言っている。美学は芸術の評価に関わる。凡庸な作品と、本質を表現する偉大な作品とを区別し、後者を評価することができて初めて美学は近代の美学となった。美とは何かという本質論も、そこに結びつかなければ単なる感性の議論に終わるだろう。何が偉大であるかは知性（精神）に関わる。とはいえ、感性と切り離されてしまうのでは、芸術作品の場所はない。感性とは主体の存在に関わる。だが、主体の存在に限定されるだけでは、「偉大」なものの余地はない。自分の「自己」と同じ「自己」しか存在しない世界には「偉大」な作品の場所はないのである。ヘーゲルはこのことをよく知っていた。なぜなら、ハイデガーによれば、彼の念頭には常にギリシアの偉大な古典芸術があったからである。この認識はハイデガーも同様であった。両者にとってのギリシア古典芸術にあたるものが、折口信夫における古代日本の文学と芸能であると言っていいだろう。但し、彼が「偉大」という形容を持ち出すことはない。この地点から、まず講義録『ニーチェ、芸術としての力への意志』にハイデガーの芸術へのアプローチを見ておきたい。

二　古代ギリシアの芸術と近代の芸術

折口はヨーロッパの美学を批判していたが、立ち入った議論は見られない。一方、『ニーチェ講義』おけるハイデガーは「美学とは何か」（NW九〇-九二）という問いをたてるところから慎重に話を進めた。彼は、近代の産物としての美学に評価を下す前に、それを「芸術と美の本質への哲学的省察」（NW九二-九三）だとして、それが古くからあったということを問題にする。つまり、その省察は「そもそものはじめから美学であった」（NW九二-九三〜九四）。「そもそものはじめ」とは古代ギリシアを言う。そして、「美学とその芸術に対する関係とを判断するのに、現代のものを基準に考えてはならない」（NW九二-九四）と付け加えた。なぜか。それは芸術が芸術であるのはニーチェの言う「力への意志」との関係によるからである。次のように語られている。

「それというのも、ある時代がひとつの美学にとらわれ、ひとつの美学的立場から芸術に対応しているのではないかということ、またどの程度までそうであるのかという事実がむしろ、その時代に芸術がどこまで歴史の中で現実的であり得るか、あるいは歴史の外に留まらねばならないのかという、そのあり方を決定づける事柄なのである。」（NW九二-九四）

「歴史の外にとどまる」芸術は単なる表現に終わって、現実に何のインパクトも与えない。したがって、それは芸術ではない。何らかの形式と技法で感性に訴える作品を作ったにしても、それで芸術になるわけではない。そうハイデガーは言っているのである。したがって、われわれは芸術と芸術でないものとを区別する必要がある。それは実体的に取り出せる区別ではあり得ない。ハイデガーに対立していたアドルノが「アウシュヴィッツ以降の文化は、……ゴミ屑 Müll だ」（ND三五九-四四七）と言ったのも同じ文脈である。アウシュヴィッツは〈芸術作品〉の数々に彩られた文化の伝統の中で起こった。このことが意味するのは、芸術の中には芸術ではないものが含まれていて、それを見損なうと、とんでもない思い違いをしてしまうということである。「芸術と美の本質への哲学的省察」は、芸術の「非-真理 die Unwahrheit」（ND三五九-四四七）を明るみに出すものでなければならない。アドルノのこのような発言に対して（時間的には前後するが）、ハイデガーの側からこれに反応するとすれば、芸術の「非-真理」を見抜くには、ひとまず同時代の作品から離れてみるということが必要だということであろう。彼は美学史における次のような「六つの根本的事実」（NW九三-九四）をあげた。

α）偉大なギリシア芸術の時代における美学の不必要性。

β）プラトンとアリストテレスの思惟における芸術への問いの起源。

γ）近代の始まり、文化現象としての芸術。

δ）ヘーゲルの『美学講義』。過ぎ去ったものとしての芸術。

ε）十九世紀の美学。リヒャルト・ヴァーグナーの総合芸術への意志。

μ)　ニヒリズムへの反動運動としてのニーチェの「芸術の生理学」。

以上のようにまとめられた歴史が示しているのは、ギリシア古典芸術と近代との対比、したがってその対立である。ニーチェはそこから芸術の問題を考えた。先ず確認しておきたいのは、α)とβ)との間にある一種の断絶である。

偉大であったギリシア芸術は「思索的概念的な省察なしに終わった」(ＮＷ九三―九五)とハイデガーは言う。それは何故か。単に「体験されて」いたからではない。「彼らはきわめて根源的に培われたある明晰な知と、知への烈しい情熱を有していたのであり、この清澄な知ゆえに、いかなる「美学」をも必要としなかった」(ＮＷ九三―九五)というのが、その理由である。これ以上には何も言われていない。そして、β)で示されるように、偉大な古典芸術が終末期を迎える時に美学がようやくギリシア人の間で始まる。芸術を理解するために、本来不必要であった美学が必要になったわけである。美学によって芸術が芸術として認識されるとするなら、ギリシアの古典芸術は、実はそれ以前においては「芸術」ではなかったということになる。この二つの時期の間で、芸術は芸術となった。このことを踏まえて、ハイデガーはニーチェとヴァーグナーとの関係を論じた。

六つの美学史上の事実の最後の二つが十九世紀の問題、すなわちニーチェとヴァーグナーに関わる。ハイデガーによれば、ヴァーグナーの史的意義は、「絶対者を描写する」(ＮＷ九九―一〇〇)ということを忘却して、個人の表現にまで落ち込んでしまった芸術作品に、もう一度古典ギリシア時代の偉大さを回復させようという企図にあった。これは歴史認識としては正しい。芸術家とは、単なる慰み物ではなく、芸術作品を作る者である。それは単なる自分の美意識の表現であってはならない。芸術とは、専門的に分化した領域の中で技巧を競い、新規な表現様式を追求するというのではなく、「総合芸術」(NW一〇〇-一〇一)でなければならない。その意味は、芸術が「ひとつの作品に統合されるべきだ[強調はハイデガー]」(NW一〇一-一〇一)ということである。ヴァーグナーにとって、「その際決定的な芸術は文学と音楽である」(NW一〇一-一〇二)。しかし、文学すなわち言葉は「本来的な知に備わる本質的かつ決定的に形態化する力が認められていない」(NW一〇一-一〇一)し、その力を取り戻せないでいる。ヴァーグナーはその「形態化する力」を音楽に求めた。「音楽芸術の支配」(NW一〇一-一〇二)をみずからの表現に求めたのである。人間の感情に同調し、それを拡大することによって、絶対的なものを示すというのが、この音楽の求めるところであった。しかし、実際にヴァーグナーの楽劇がもたらしたものは、ニーチェによれば「夢遊病的恍惚」(NW一〇一-一〇二)以外の何ものでもなかった。「総合芸術」が結果的に表現したことを、ハイデガーは次のようにまとめる。

「一切の確固たるものを解消し、しなやかに流動するもの、印象に敏感なもの、溶け入るばかりに微かなものへと変じてしまうこと、法則もなく際限もなく、明澄性も確定性もない不可測なもの、ひたすらな沈潜の果てしない夜。」(NW一〇二-一〇三)

ニーチェはこうしたヴァーグナーの音楽に対抗したのである。ハイデガーによれば、彼は二つの点でヴァーグナーを批判した。第一は「ヴァーグナーが内的感情と本当の様式とを蔑視していること」(NW一〇四-一〇四)、そして第二は「情欲と陶酔とを混えた欺瞞的な道徳主義的キリスト教への逸脱」(NW一〇四一〇四）である。だが、これをもってニーチェのヴァーグナー評価であるというのでは、それを正面から受け止めたことにならない。ニーチェは、「私は、他の何人よりもリヒャルト・ヴァーグナーを愛し、また尊敬してきた」（NW一〇五-一〇五）と言ったが、この言葉はニーチェのヴァーグナー批判が書かれた、その同じ時期のものである。したがって、彼のヴァーグナー批判のうちには、肯定的な契機がどこまでもつきまとう。それは、だから決して末梢的なものではなく、ヴァーグナー批判そのものの中に確認されなければならない。すなわち、ハイデガーが以上のように示すヴァーグナー音楽の特質において見いだされるというのでなければならない。その音楽が求めた感情の拡大の意味とは何か。

高まった感情においては、人は身体ごと酩酊させられてしまう。だから、それは「生理的なもの」である。ニーチェはそこに自分の美学の立脚点を置いていたとハイデガーは言う。しかし、そこに難問がある。美学は生理学ではない。生理学に美学を還元することはできない。だが、ニーチェによるなら「芸術が存在するためには、何らかの美的な行為や観照が行われるためには、どうしても或る生理学的前提条件が不可避である」（NW一一四-一一四）。彼が持ち出した「陶酔 der Rausch」という概念は、その条件を一言で表現するものであった。

ハイデガーによれば、陶酔が示す第一は、人間が身体的に存在するということである。音楽を聴いて陶酔するとは、単に内的に感情がそれに囚われてしまうというのではなく、全身が生理的に呪縛されてしまうということである。それは自分の周囲の光景を一変させ、時間意識に平常さを逸脱させてしまう。ハイデガーは『存在と時間』で使われた「現存在」の概念を持ちだして次のように述べている。

「ここで注意すべき本質的な点は、感情がただ「内面」でのみ起こるのではなく、われわれの現存在の基本様式だということである。この基本様式によって、またこれにしたがって、われわれは常にわれわれ自身を超え出ているのであり、われわれと何らかの形で関わっていたり、そうでなかったりする存在者の全体の中に存在しているのである。」（NW一一七-一一七）

「存在者の全体」という用語はニーチェ講義でも繰り返してあらわれる。ハイデガーによれば、それはギリシア人がピュシスと呼んでいたものである。普通は「自然」と訳されるが、それでは捉えきれない内容を含んだ言葉であると彼は繰り返して主張した。これをどのように理解するかが人間の思惟の仕方を決定する。この語を「自然」と訳すなら、われわれはそのように存在を理解したことになる。しかし、偉大な古典芸術を産み出していた時代のギリシア人はそう理解しなかった。人間の感情はいわゆる〈内面的なもの〉ではなく、私たち自身の存在の「基本様式」なのである。そのことによって感情は「存在者の全体」への通路となり得る。「陶酔する者」すなわち「芸術家」はそこに関わる。単なる感情ではなく、陶酔にまでいたった感情が「存在者の全体」を理解する手がかりとなる。そのように陶酔する者が芸術家であり、ニーチェはそのことを彼の芸術論で示した。陶酔とは、芸術家が鑑賞者に及ぼす感情の状態ではなく、その創造の秘密を明らかにするものなのである。「陶酔という芸術的状態」（NW一一九-一一九）にある者とは、「非芸術的状態」（NW一一九-一一九）にある「キリスト教徒たちの対極にいる者」とりわけ「芸術家」である。こうしてハイデガーは次のように言う。

「ニーチェは、観照し感受する人々の美的状態を創造する者の状態との類比から理解する。それによれば、芸術作品の効果とは、創造した者の状態を改めて享受者のうちに呼び覚ますことに外ならない。芸術の鑑賞とは、創造の追遂行なのである。」（ＮＷ一三四－一三六）

したがって、芸術は、作品でも鑑賞者でもない、芸術家の側からその本質が示されるものである。ところで、芸術は美の創造であるとされる。では、陶酔は美とどのように結びつくのか。これをハイデガーはカントの美学において考察した。

三　カントと美の概念

陶酔という感情から、芸術作品の本質への理解が切り開かれる。これをニーチェは示した。ハイデガーの理解にしたがえば、陶酔とは身体が美的に気分づけられることである。では、美的ということはどのように把握されるべきか。ハイデガーはカントの第三批判の有名な美の定義を持ち出す。これをショーペンハウエルは誤解した。必然的に（『意志と表象としての世界』に耽溺した）ニーチェも誤解する。

カントは『判断力批判』の第二節から五節で「関心を持たない適意」とする有名な規定を美的なものに与えた。ところが、ニーチェによれば「美的状態は陶酔である」ということになって、これではカントと正反対の主張になる。この立場からニーチェは「カント以来、芸術、美、認識、叡智についての一切の論述は、

〈無関心〉という概念によって不純にされ、汚染された」（NW一二六-一二五）と語った。ハイデガーはそう引用する。では彼自身はカントをどう理解したのか。

「あるものを美しいと思うためには、われわれは出会ったものをそれ自体として純粋に、それ自体の位階、品位において現前せしめなければならない」（NW一二七-一二六）とハイデガーは言う。野に咲く花が食用になるという関心からは、それが美しいという気持ちは出てこない。カントの言葉を使うと、「自由な恵与 die freie Gunst」（NW一二七-一二六〜一二七）でなければ人は美を感じない。ハイデガーに言わせれば、これを「美についての唯一の積極的陳述と見なす」（NW一二七-一二六）ことが問題なのである。むしろ、これを美が美として把握される出発点だと見る必要がある。つまり、「対象そのもの、純粋にそれ自体としての対象への実質的関係は「無関心」によってこそ開始される」（NW一二八-一二七）と理解しなければならない。

美が単に意に適うものだというなら、美は各人にとって単に気に入られたものであるに過ぎない。しかし、われわれは単なる自分の好みに合うものとしてギリシアの古典を見ていない。そういうことからはそもそも「古典」という判断が出てこない。ニーチェの言うところでは「私にとって美しいと見なされるものは、一時代のもっとも優れた者たちにおいて、もっとも尊敬に値するものの表現として可視的になるものである」（NW一二九-一二八）。何故ニーチェがこのように述べたのかといえば、彼自身が美について自分自身にそのように要求していたからである。野に咲く花を美しいと思う時、問題なのは、誰がどのような状況でいるのかということである。道端の花であれば、美とは「無関心な適意」と言ってすませることができるだろう。しかし、ここで問題にされているのは偉大な芸術作品における美である。ハイデガーによれば、それは「われわれが自分に対して要求するもの」（NW一三〇-一二九）によって決まる。つまり「われわれが自分に対して要求するものに対してあるものが呼応する時、われわれはそれを「美しい」と呼ぶ」（NW一三〇–一二九）。人間が自分に対して要求するものとは、最高のものである。「自己を超えて高まること」（NW一三二–一三〇）、これが陶酔において起こっていることである。「美は陶酔において開示される。そして、われわれを陶酔感へと誘い入れるものが美なのである」（NW一三二–一三〇）。ここにあるのは、「単なる興奮、熱狂ではあり得ない」（NW一三二–一三〇）。自分が何を欲しているのか、またどのようにそれを望んでいるのかを理解している者の気分が陶酔に外ならない。美は陶酔に結びつく限りにおいて美である。そうでなければ、それは単なる快感に過ぎない。そして、美は身体を気分づけていくものでなければならない。ここにあるのは、自分を高めていく持続的な意志であり、その自覚である。

ハイデガーがニーチェから理解した、このような陶酔と美の概念について、折口の学説からはどのように理解されることになるのか。

四　「しじま」から神語へ

陶酔と美の概念について、折口の文学発生論を対応させるのはむつかしい。彼の文学の概念に美的なものは、もちろん認められるが、それは文学成立後の展開として出てくるのであり、文学発生論自体では、彼はきわめて形式的な論議に終始していて、主体の感情に関わる指示はほとんど行っていないからである。彼は近代主観主義美学の埒外にいる。したがって、ここでわれわれは客観的な議論の向こう側にあるはずの主体的契機を解釈によって読み込むという作業を強いられる。

なぜ、文学の発生論において主体的契機が排除されるのかと言えば、折口は可能な限り、われわれの持つ近代的意識を排除しようとしたからである。人々は、「書いてあるままを読まないで、自分の解釈に直して読んでいる」(ノート篇一-四五)。だから、「古い時代の書物は、古い時代において、われわれから離れたままで読まねばならぬ」(ノート篇一-四五)。そういうところへ、われわれは主体的契機を読み込もうとするわけだから、この作業は折口の意図に反することである。このように断った上で、さまざまに論じられている彼の文学発生論を、時系列に組み直して見ていくことにしたい。まず、どこまで発生をたどることができるか。折口は次のように述べる。

「われ〳〵の国の宗教の歴史を辿つて、遡りつめた極点は、物言はぬ神の時代である。さうした神の口がほぐれかけて、こゝに信仰上の様式は整ひはじめた。歴史も、文学も、其萌しは此時以後に現れたのである。発生期における日本文学を論じる私の企ても、「神語(カミゴト)」のはじまつた時を発生点としなければならぬ。」(四-四一一)

「神語」はまだ文学ではない。だが、そこから文学は発生してくる。発生とは、それまでに見られなかった何か新しいものがある日突然存在しはじめるということではない。発生するにあたっては、いくつかの条件があり、その条件が何らかの事情によってかみ合わされたとき、それまでになかったものが存在していると承認される。承認にあたっては、それを他から区別する言葉が必要となる。したがって「神語」もまた発生したものであった。折口は「神語」以前を次のように語る。

「律語形式の発生を語る前に、「神語」のいまだ発せられない時期に於ける、神の意志の表出法に就いて考へなければならぬ。なぜならば、神語が行はれる時代が来ても、其表出以前の表出法が交錯して現れるからである。」（四-四一二）

折口は「しゞま」という語をあげた。この語は、一般には無言の状態を意味する。沈黙と言ってもいいだろう。しかし、折口は「ある時期に於て、神の如何にしても人に託言せぬあり様を表したのではあるまいか」（四-四一二）と言う。「しゞま」という語が残っているには、それだけの理由がなくてはならない。折口によれば、「しゞま」とは「神語」の発せられる以前に示された「象徴」（四-四一二）である。それは「ほ」と呼ばれた。「ほ」とは神意の表現である。「神が忽然幽界から物を人間の前に表す事である」（四-四四二）。その物質を見て人々は神の意志を沈黙のうちに理解する。言葉がないので、解釈に違いが出る。それを確認するのが占いであった。人々にとってはある物質（海水を赤く染める土、あるいは竹藪など）が示されるだけである。今から見れば、単なる自然現象にすぎない。それを見た人々は沈黙のうちに神意の存在を知る。ここで人々の感情が一定の方向に向けられていると理解して不都合はないだろう。こういう具合に気分づけられるというところにおいて、古代人の経験と近代のわれわれの感情が結びつく。ここに陶酔以前の陶酔を確認することができる。ある場所にいる者が一つの方向に気分づけられて存在するということである。

この「しゞま」は「神語」によって破られる。なぜか。それは人間の生活する場所に「隙あらば付け入り、災いをなす恐ろしい霊物」（事典七二）が存在すると信じられていたからである。折口は、これを「精霊」というヨーロッパ風の言い方で呼ぶのを好んだ。「小さな神」、あるいは「零落した神」という呼び方もある。人間が住むにいたった土地には、その前から精霊が跋扈していた。人々が安心してその土地に住むにはこれらの精霊たちを鎮めなければならない。それは神意をもってなされるが、単なる象徴だけでは鎮めきれないと判断されたときに、神そのものの到来が要請される。それが折口の言う「まれびと」であった。折口は次のように説明する。

「冬と春の交替する期間は、生霊・死霊すべて解放せられ、游離するときであつた。其際に常世人は、曾て村に生活した人々の魂を引き連れて、群行の形で帰つて来る。此訪問（オトヅレ）は、年に希なるが故に、まれびとと称へて、饗応（アルジ）を尽して、快く海のあなたへ還らせようとする。」（一―一三一）

「まれびと」の語る「神語」はいわゆるコミュニケーションの言語ではない。折口は言語の本質から言語について考えたが、それをコミュニケーションに求めるということは、その最初の姿をそこに見るということである。「ことばは最初どういう形であったか」（ノート追補二―二〇三）。言語について根本的に考えようとする人は、こういう疑問を持ちやすい。しかし、「それはわれわれが考える必要がない。考える権利もない」（ノート篇追補二―二〇三）と折口は明言する。というのも、「考える材料が与えられていない」（ノート篇追補二―二〇三）からである。したがって、折口が「呪言」に言語の本質を見ても、そのことに言語学的な証拠が見つかるからではない。それは今手に入る材料から押して、これが言語の本質だと考えられるという彼の判断である。そこでは言語学と民俗学と国文学とが重ね合わせられて判断材料となっている。一つところでの判断の根拠を他に求めているというのではない。「学問は一方面からでは説明できない」（ノート篇追補二-三五）という彼の確信による。この確信の内容が後述する「実感」であった。こうして、陶酔と美についての考察が生活における言語に結びつく。古代日本人の生活の中で、ことばとは何よりも鎮魂のことばであった。そして、その鎮魂の儀式の場所とは神々を迎える饗宴が行われる祭りである。

折口の見るところでは「かみ」の語源と同じく、「まつり」の意味は正確に分かっていない。「まつると言ふ語が正確に訣らないのは、古代人の考へ癖が呑みこめないからだと思ふ」（二-四一五）と言って、彼が古代の文献から引き出してくる結論は「まつるの源義は、やはり、神言を代宣するのであつたらしい」（二-四一七）というものである。祭りとは、つまり「唱えごとをするということ」（ノート篇五-八二）である。このことを踏まえて、ハイデガーの議論にまず目を向けておきたい。祝祭は、彼がヘルダーリンの詩から考察を求められた問題であった。

五　ハイデガーとヘルダーリンにおける祝祭

民俗学者折口にとって、祭りの問題は調査された事実の中から浮かび上がってくる事柄であった。われわれがそのことをハイデガーの議論に求めることは不可能である。だが、祭りの意味を本質的議論によって追求したハイデガーが、具体的事実を全く無視して考えていたのではないということは、次の引用に見ることができる。

「ポリスには、神々と神殿、祝祭と競技、支配者と元老院、国民議会と兵力、船舶と将軍、詩人と思索者が所属している。しかし、これらすべてをわれわれは決して十九世紀の文化国家といった意味で考えてはならない。これらすべては、何らかの国家組織を装備する部分ではない。「文化業績」の作り出されることに重きを置くがごとき国家秩序をなす部分ではないのである。そうではなく、神々の関連よりして、祝祭の様相と賛美の可能性よりして、主人と従者との関係よりして、名誉と賞賛との関係よりして、これらの関係のまた関係よりして、これらの統一の根底よりして、ポリスと呼ばれるところのものが働き支配している。まさしくそれ故にポリスは、本来的に問いに値するものであり、こうした尊厳よりして、人間の一切の本質的なる行為、及びあらゆる態度というものを遍く支配するところのものなのである。」（ＨＩ一〇一～一〇二-一二〇）

この引用に言う「ポリス」は折口の論じた「万葉人の生活」に置き換えられるだろう。これはヘルダーリンの詩「イスター」の解明にあてられた一九四二年の講義が収められた『ハイデガー全集第五三巻』からのものであるが、第五二巻では、同じくヘルダーリンの詩を論じながら、祝祭が問題にされた。そこで、彼はまずヘルダーリンの詩に出てくる「祭りの日」と「祝祭」という言葉について、「何故、詩人の心には、この「祭りの日々」が思いうかぶのだろうか」（ＨＡ五九-八一）と問う。というのも「特に彼の賛歌詩作の時期においては、一語たりとも偶然性ないしは間に合わせといったことを許さなかった」（ＨＡ六三-八七）からである。しかし、この言い方に今のポリスについての発言を重ね合わせると、折口の議論を携えたわれわれとしては、むしろハイデガーの戸惑いを感じてしまう。彼はヘルダーリンが本質的なことを歌い上げる本質的な詩人であると考えていた。したがって、詩に取り上げる題材は本質的なものでなければならない。人々が歌い騒ぎ、酔って暴れるようなお祭り騒ぎの、どこに人間の存在に関する本質が見届けられるというのか。ハイデガーによれば、「祝いはなにも、さまざまの催し物を盛り上げ、拡大することで一層祝祭的となるのではない。派手なもの、まして騒音まで演じて、仰々しく誇張することで、一層祝祭的となるのではない」（ＨＡ六六‐九〇）。そこでハイデガーが目をとめたのは、祭りの前提にある日々の労働の中断と祭りの行事を待つ心持ちであった。

彼によれば、「祝う feiern とはまず……仕事を休むこと das Ruhenlassen der Arbeit である」（ＨＡ六四‐八七）。日々の糧を得るための労働を放棄することが祝うということである。それは「自分を引き留めることであり、注意深くなること、問うことであり、意味省察であり、期待であって、不可思議の予感へと一層目覚めるべく超え出て行くこと」（ＨＡ六四‐八八）だと説明される。これが「休む」ということの意味である。

折口の考えからすると、祭りは年々のものなので、人々には期待をするという気分が出てくる。「まつ」は「まつる」の語源の一つとして認められた。「神を待ち迎へる」（二‐四三四）期待感がそこに満ちている。非日常の始まる予感である。

ハイデガーに言わせるなら、「休むとは、かかる非日常的なもののために自由になることによって、まさに日常的なものから自由になることに外ならない」（ＨＡ六六‐九〇）。「待つ」時に、まだ祝祭の本質が開示される神々の言葉はない。したがって、折口がそのことを深く掘り下げるということはなかった。しかし、ハイデガーのほうは、実はこのときにもう祭りの本質があらわれていると見る。「もし、かく祝うことが、このように期待しながら心を集中することであるならば、……その場合、祭りの日の本質は常に、本来的に祝祭の前日であるところに成り立っているであろう」（ＨＡ七三‐九九）と彼は言う。

折口の議論に比べると、こういう「期待」感をクローズアップした理解は、近代の主体に配慮したもののように見える。彼の念頭にあった祭りは季節毎のものであり、それには農耕という生産活動が深く関わっていて、それ故に「まつ」ということが意味を持ってくるものであった。種をまくには春を待たなければならない。そこに格別の個人の思い入れを見る必要はなかった。だから「休日」ということ自体にもことさら言及する必要はない。しかし、季節を無視した労働の日々を送る近代人の存在の意味を追求するハイデガーには、そのことが重く見えた。このことは最初に心得ておいた方がいいのかも知れない。

それにしても、休みと期待だけで祝祭の本質がつくされるわけでもない。「祝祭的なものには輝き der Glanz が所属する」（ＨＡ六六‐九〇）とハイデガーが言うとき、この輝きを感じているのは祭りに参加する人々である。そして、この「本質の輝き」は感じ取られるだけのものではない。それは「人間から飾りと装いとを要求する」（ＨＡ六六‐九〇）と彼も認めていた。「祝いの輝きには遊びと舞踏とが所属する」（ＨＡ六七‐九一）のである。

祝祭を迎え、休日となり、非日常的なものへの期待が高まれば高まるほど、「それだけ一層すべての動作は日常的なものから解き放たれて行く」（ＨＡ六六‐九一）。日々の労働から解放された身体は、重苦しく労働の場所に縛り付けられることがなくなって、自己自身へと立ち返る。身体が身体に固有の意味に従いはじめる。それは、勝手に動くということではない。身体に本来的なもの、つまりその規則にしたがって動く。それが自由である。「このような規則の中へ自由に軽やかに舞い立ちながら結合していく」（ＨＡ六七-九一）こと、これが「遊びの本質」（ＨＡ六七-九一）だとハイデガーは言う。そこにおのずから舞踏も発生する。祝祭には遊びと舞踏が本質的に属する。

舞踏や音楽を含む祭りにおける饗宴の意味を事実から説き起こす折口と違い、ここでもハイデガーは人間存在の本質から話を進めた。ここで両者の議論は本質において重なっているが、具体的な議論の場は重ならない。折口は具体的な芸能の場面から、その意味を問題にして行こうとするのに対して、ハイデガーには「遊びと舞踏」の具体的な場面にまで議論を進めていくつもりはない。両者の議論がかみ合うのは、祝祭の根本に起こっていること、すなわち神々と人間との出会いを論じた場面である。

六　歴史の本質根底としての祝祭、人間と神々

ハイデガーにとっての〈ギリシア問題〉はよく知られているので、ここでもそれを心得ておく必要があるだろう。「「祝祭」はそれ自体、歴史の根底及び本質である」（ＨＡ六八-九二）と彼が言う時、想定されているのは古代ギリシアの時代の「祝祭」に外ならない。同じ想定を注解の対象であるヘルダーリンもしていたというよりは、こういった言い方にやはりハイデガー自身の考えをまず認めるべきだろう。歴史とは、彼にとってはヨーロッパの歴史であり、その起点は古代のギリシアにあった。したがって、「歴史の本質」という時の「本質」とは、ハイデガーにしてみれば、全人類に直接妥当する普遍的なものではない。彼自身の言

うところによるなら、「歴史の本質を思索するとは、西洋的なるものをその本質において思索するの謂いである」（HA六八―九二）。こうした文章にいわゆる〈ヨーロッパ中心主義〉を見て、批判的に取り上げる向きもあるだろうが、それに与するつもりはない。単純な〈ヨーロッパ中心主義〉批判には、一気に本質をつかまえる、つかまえられるという思いが透いて見える。折口的な見方をすれば、それこそ〈ヨーロッパ中心主義〉そのものである。それは、おそらくはハイデガーの考えに最も遠いということはここで断っておきたい。「本質」とは「個別」からのみ思索できる、その関係こそよく認識する必要がある。これがアリストテレス研究などから若きハイデガーが受け取っていたことであった筈である。このことは折口の次のような考えに呼応する。

「人間の場合、殊に文化現象の場合には本質と言ふ事は、それとは少し違はねばならぬ。厳格な意味を離れて、ゆるい意味に用いられてゐると考へなくてはならない。即、他の語で言へば「事実」と言ふ事だ。文化現象に於ける本質とは、変化を約束されてゐる「事実」なのだ。」（四―三六〇）

ここに示された発想は、ハイデガーの理解していた現象学に通底すると見て、そこへ議論を進めていくこともできるかもしれない。ここで語られているのは、言ってみれば折口流の解釈学的現象学の方法であって、反省ではなく、あくまで「事実」つまり文学的ないし民俗学的対象自身から示されるものを受け止めようとする態度だと考えられるからである。しかし、この示唆以上に議論を進めることはできない。何よりも、折口の方に理論的に直接的な手がかりが少なすぎる。今はまず事柄へと議論を進めるべきだろう。事柄とは祝祭の本質であり、ハイデガーが「「祝祭」とは「人間と神々」とが祝う「婚礼 das Brautfest」」である」（ＨＡ六七-九二）として言及しているものである。これを彼は次のようにも述べた。

「祝祭とは神々と人間とが出迎え合うことの性起である。」（ＨＡ六九-九四）

「性起」という華厳仏教に由来する訳語と、その原語である Ereignis についてはさまざまに論じられているが、ここではどのように理解しておけばよいのかについての指示だけを見ておきたい。

神々と人間とが互いに出迎えるということが「性起」であり、そこに祝祭の根底がある。この出会いにおいて神々は神々となり、人間は人間となる。迎えるということの事態がなければ、神々も人間も存在しない。それ以前には人間と神々とをそれぞれに規定する固有のものはない。祝祭とは、神々と人間とが出会うという事件を言う。神々を迎えるために人間が祝祭を行うという理解はここにはない。祝祭以前には神々も人間も存在しない（固有のものがない）のだから、そういうことはそもそも考えられない。祝祭において互いに異質のものが出会う。まずそう見なければならない。「出迎え Entgegenkommen」とは、あるものがあるものに行きあたるということではない。「人間と神々とが遙か彼方からやって来て、迎え合う」（ＨＡ七七-一〇三）ことである。「遙か彼方 weiter」とは距離を言うのではない。それぞれに全く異質の広く深い世界をもっているということである。われわれの世界と神々の世界が遭遇する。それが出会うことではじめて自分の世界が見えてくる、そういう出会いである。したがって、そこでそれぞれに固有のもの、仏教用語を借用すれば「自性」が得られる。先ほどの引用に続いて、ハイデガーは次のように語っている。

「祝祭の祝祭的なるものが、この性起の根底であり、この性起は神々によって惹起されるものでもなければ、人間によって作られうるものでもない。この祝祭的なるものこそ、かの、元初的に性起するもの、すなわち一切の互いに-迎え合うものをその応答において支えており、その情調を遍く規定するところのものに外ならない。かかる祝祭的なものが元初的に情調を規定するものである。このように情調を規定するものが、音なき声として、万物を遍く規定しており、万物に声を与えているのである。」（ＨＡ六九-九四）

出会いということが祝祭の根底にある。そして、そこには「元初的に情調を規定するもの das anfänglich Stimmende」があり、これが決定的な意義を持つ。(註2) この「情調」という用語には何の形容もないが、それは主観的なものではなく、むしろ客観的なものである。この「情調」を規定するものとは、これまでのところで言えば、休み、期待（待つ）、身体の軽やかな動きなどである。それが「音なき声として万物を遍く規定する」。ハイデガーは神秘的なことを言っているのではない。動詞 stimmen の名詞形 Stimmung は普通は「気分」と訳される。ハイデガーの『存在と時間』では、その訳語から類推されるような主観的なものではなく、われわれの自己自身の存在、つまり「現存在」を客観的に根本的に規定する存在論的な意味を持つとされた。ここでもそれは同様であって、祝祭の根底としては迎え合う出会いとして、調和を指示する。あるいは調律という言い方も可能であろう。それは「声」であるから、騒音ではない。分節があり、その分節が正しいものであるかぎりは騒音にならない。これが人々に経験されると、「気分」になる。この分節は、日々の労働からの解放、何か日常と違ったことが起こるという待ちわびる心持ち、そして自由な身体という具合に方向付けられているのだから、人々はうきうきした祭りの気分として理解する。しかし、それはあくまでも個人的な理解であって、「情調は別の根源をもつ」（HA七一-九六）と見なければならない。この「根源」が神々と人間との出会いなのである。

この情調を規定するのが、「元初的言伝ての声 die Stimme eines anfänglichen Grüßen」（HA七〇-九四）だとハイデガーは言う。したがって、祝祭において神々と人間とが言葉を交わすことが「情調」を規定する。言葉を交わすこと、この「言伝て」とはどのようなことなのか。「言伝ては、言伝てされたものを、その存在するところのものにおいて存在せしめるということのうちにその本質を持つ」（HA八四-一一二）と、ハイデガーは述べている。すなわち祝祭における「言伝て」において一切の存在者は、その時と処を得て、存在し始める。grüßen とは、日常的な用語としては挨拶を交わすというほどの意味である。そして、何かの光景が（挨拶をするかのように）見えてくるという意味がある。そうしたことが起こる祝祭こそが「歴史の本質根底」なのである。祝祭とは「神々」、「情調」そして「元初的言伝ての声」においてその本質が見いだされるところのものである。

七　祭りと聖霊

折口学にとって、「祭り」とは基本的な問題であった。それは古代人の生活が集約される民俗学の大きなテーマであると同時に、文学と芸能とがそこから分岐していく芸能理論上の意義が認められるからである。したがって、「祭り」は折口の学説でも「歴史の本質根底」と言うことができる。彼によれば、太古の昔に

「村には歴史がなかつた」(二-一一二)。村人たちは行き当たりばったりの生活をしていた。「過去を考へぬ人たちが、来年・再来年を予想した筈はない」(二-一一二)。年ごとの季節という理解をもたらすのが「祭り」である。それは神々と人間との出会いを意味した。そして民俗学者折口信夫にとっては、具体的に考察されるべき事柄であった。

村人たちの住む土地には、先に見たように、「精霊」が跋扈していた。この「精霊」は、戦後に折口が与えた表現では「大きな神」に対する「小さな神」ということになっていて、「神」という資格をもつ。同じ頃、彼は「スピリット」という表現も与えている。古語「カミ」に対応する存在とは、まず「精霊」あるいは「小さな神」であり、これが人間の出会う最初の神と言うことができる。これについては、実のところ確定的に議論ができない。折口自身が、その理解に変更を加えているからである。われわれは今「カミ」という語を持ち出したが、これを彼は「タマ」とも言う。しかし、二種類の神を考えるところに変更はない。後に見るように、それは芸能の発生に深く関わるからである。

この「精霊」は、自分たちの土地に侵入してきた人間に対して悪さをしたり脅かしたりする「悪魔的な性質」(ノート篇七-五六〇)を持ち、「たたり」をもたらす。それを鎮めるために「大きな神」が要請された。これが「まれびと」である。「この土地へ来られる神と、もとから棲んでいるスピリットとは別の存在である」(ノート篇追補一-一六七)。この神々が村人たちの祭りにおいて出会う。そこで神々同士の問答が始まり、村人たちに対する神々からのメッセージがあって、それに対する誓約がある。これらは神々の所作にともなって行なわれる。折口はこれを次のように考察した。

「まれと言ふ語の遡れる限りの古い意義に於て、最小の度数の出現または訪問を示すことであつた事は言はれる。ひとと言ふ語も、人間の意味に固定する前は、神及び継承者の意義があつたらしい。其側から見れば、まれびとは来訪する神と言ふ事になる。ひとに就いて今一段推測しやすい考へは、人にして神なるものを表すことがあつたとするのである。人の扮した神なるがゆゑにひとと称したとするのである。」
（一-一二～一三）

神とは人であった。神の資格を持つとされる人間である。「こもる」などの手続きを経て神の役割を演じた。この「神人」は「精霊」を問答によって鎮める。この鎮魂の儀式が芸能の発生をもたらした。「鎮魂」という儀式はいかにも古代的な発想の言葉だが、ハイデガーのヘルダーリン解釈に通底するものがある。そこでは「祝祭」における神々と人間との出会いが「和解」をもたらすとされた。ハイデガーは次のように述べている。

「真の和解は、争い合うものたちを、それぞれの本質の等しさへと戻し置く。和解とは、各々のものが等しく元初的に、その本質の休らいのうちにもたらされ、そこにおいて調停されることを意味する。」
（HA八六-一一四）

ハイデガーは、神と人間という異質の存在が、どちらかに従属するということのない、対等な存在（「本質の等しさ」）であると考えた。折口においても同様である。「精霊」と「まれびと」と村人たちが祭りの場にいる。村人は「精霊」が暴れないように「鎮魂」することを「まれびと」に求める。その後、「まれびと」は去るが、季節がめぐるとまた戻ってくる。「精霊」は「神」によって屈服して、それで終わるのではないからである。つまり、「まれびと」と「精霊」と「ひと」とは等しく、対等である。

ヘルダーリンの詩に歌われるところによれば、「和解」のもたらされる「祭りの日々」とは「弥生の時」とされた。春三月は「移行の時」と歌われる。春は、冬から夏への移り行きの時であり、寒くも暑くもなく、気候は調和を保つ。「まれびと」も季節を選んで村々を訪れた。神々の来訪によって和解が、つまり鎮魂がもたらされる。ここでヘルダーリンの「そしてひとときの間／運命は調和される」（HA九二―一二三）という詩句が交差する。「運命が調和」するというなら、「他の大抵の時には運命は調和されていない」（HA九二―一二二）ことになる。運命には運・不運がある。幸運はあるにしても、それを手に入れるには不運という代価を払わねばならないというわけである。

ヘルダーリンが認めているように見えるこういう理解をハイデガーは批判した。運・不運をこのように功利的に考えてしまうのは人間が「われわれの計算的思考、しかしまたおそらくはプラトン哲学が優先となって以来の一切のこれまでの西洋的思考、すなわち形而上学的思考」（HA九〇―一一九）にとらわれているからである。そこにあるのは単純な因果関係でしかない。運命とは自分にとって都合の悪いことの原因であり、人間はやむなくその中に取りこまれてしまっている。単純にそう考えてしまうと、われわれはヘルダーリンの先ほどの詩句を「ひとときの間しか運命は調和されない」（HA九三―一二二）と受けとりたくなる。だが、そうではない。「われわれは、あまりにもしばしば、本来の留まることを途切れることなく先へと存続することの中に求めすぎる」（HA九三―一二二）。この地に「留まる」ことが問題であって、それはこの状態がずっといつまでも続けばいいと考えていることとは違う。「留まる」ためには、われわれはそこにいるということを引き受けなければならない。この地が禍に満ちているからといって、何事も乏しい古代では他の土地を探しに行くという選択肢はありえない。幸運しかない土地には不運はないが、そうなれば幸運もなくなる。だから、この地における幸福を神に願う。こうして、折口の「精霊」についての考えをハイデガーの考察に重ね合わせてみると、そこに同じ地平が浮かび上がってくるように思われる。

八　芸能と神

「まつりには実際に、神様が来られる」（二一-二〇）と語る一方で、折口はあっさりと次のように言う。

「このまれびとなるものゝ実際は、別に何処から来た訣ではありません。やはり其村人であつたに違ひありません。唯さういふものゝやうな形で出てきて、そのやうな手ぶりをするだけです。だからやはり普通の人間です。」（二一-二五〜二六）

彼は村祭りの種明かしをしているわけではない。どう見ても矛盾した発言だが、同じような発言はくり返されているので、われわれはこれを真に受ける外はない。この矛盾を支えているのは、「まれびと」が語り出す「呪詞（トナヘゴト）」の概念にある。折口は人間を主体ではなく、言語から捉えている。意識主体という近代の考え方に対抗して、言語という立場を打ち出す。今の問題でいえば、「〈祭り〉とは、……根本は唱えごとをするということ」(ノート篇五-八二) であるが、このときに「発信」されるのが、「神から委託された」言葉、すなわち「呪言」であり、そのすぐ後の直会の時に歌われるのが「うた」である。祭りは言葉を軸に展開される。「呪言」は禍をもたらす「精霊」を押さえつける「威力」を持つ。神の持つ力である。「呪言」がそれ自体で「威力」を持っているわけではない。しかし、それが実際に語り出されると、聞いている者にとっては、言葉の力として意識される。ここに一種の逆転が起きる。「呪言」、「呪詞」は神の言葉である。しかし、次にはその言葉が神の力を伝えているのだと、語りかけられている方は考えてしまう。したがって、人が唱えても、その人は「呪詞をとなへた神と同じになる」(別巻一-二七)。そして、さらに「その言葉の中に神を発見してくる」(別巻一-二七)。これが人が神となる事情である。さらに見逃せないのは、今われわれが引用している同じところで、折口がこれを単なる古代日本に特殊の出来事であると見ていなかったという点である。

「日本では非常に古いものを止めて居ります。日本人は外国人に比較して頑固だと言はれますが、意識以上に根本に古い状態を保存する力を持つて居ります。いま日本人の持つてゐるものを解剖してみると、昔持つてゐたものがわかります。それは人類の古代が訣ることであります。何故ならば、日本人の特有性をのぞけば、人類の普遍性が出てきます。」(別巻一-二七)

これは昭和八年の講義の中での発言であり、ここまでの言い方は他にあまり見られないので、国際連盟脱退をはじめとする〈時局〉のせいもあるかも知れない。しかし、われわれとしてはこれを真に受けておきたい。引用に言う「意識以上に根本に古い状態を保存する力」を持っているのは日本の古語に外ならない。その言葉から見えてくるものが普遍性を持つ。その言葉に対しては、近代の知識から理解するには限界があり、自分の経験から接近することもできない。折口に言わせると、「いまの世の哲学者は、……なんでもいまからわり出している。自分の経験といいたいが、実は自分の狭い心の分析である」（ノート篇五－一四二）。「自分の狭い心」を離れるには、古語をその時代において理解しようと努めることである。折口の努力はこの努力であり、いろいろ批判されるハイデガーのギリシア語の理解もこの努力の延長上にあると見ていいだろう。われわれは自分の考えに飛びつきやすい。馴染んだ、親しみのある言葉がもっとも正しいという根拠は、結局自分の考えを古代の文献に読み込んでいるだけのことである。「書いてあるままを読まないで、自分の解釈に直して読んでいる」（ノート篇一－四三）のであってはならない。

こういう考えを受け入れるなら、「ひとにして神」（一－五）という、普通では矛盾に見える「まれびと」の概念は近代的発想から切り離されたところから考え直してみなければならない。そして、近代における普遍が成立するように、古代における普遍もそこから引き出されてくるのでなければならない。それを、神話的思考の普遍性と表現してしまうと、そこにまた近代が見え隠れする。そこから離れてみれば、事柄を見ることの中で、全く別のところで同じ発想がみとめられることもあるはずである。実際、われわれはこれをヘルダーリンの歌った「半神」にそれを見ることができる。

九 「半神」と「神人」

ギリシア神話に登場する多くの英雄は「半神」である。それは神と人の間にできた子供であることを意味する。したがって、神話の通常の理解では「まれびと」とか「神人」という折口の概念に通ずるものはない。両者が重ね合わせられるのは、ひとえにハイデガーのヘルダーリン解釈による。それは「祝祭」の解釈からはじまる。

ハイデガーの解釈によれば、ヘルダーリンの詩にある「祝祭」は「移行」として理解しなければならない。ここで言う「移行」とは移行そのものを謂う。どこからどこへという地点から発想する移動ではなく、移行それ自体を理解することが求められる。普通に生活している限り、われわれの思考は物（点）の存在に目を向けがちである。物質は変化し、いま見えている物も永遠にそのままではないということを重々承知していても、有用性ゆえにわれわれはそれに注目する。逆に言えば、この有用性を離れるなら、われわれは変化そのもの、移行そのものを見ることができると知っているのである。ハイデガーは、この移行、移りゆきを祝祭の本質と見た。

「移行とは人間と神々とが迎え合うことであり、すなわち祝祭である。」（ＨＡ九八－一一八）

人間と神々とが、お互いを迎える意味についてはすでに述べた。互いに排除することなく、移りゆきとして承認し合う。承認するとは自己の存在において相手の存在を認めることである。ここに排除はない。これを「中間」という語でハイデガーは表現する。祝祭においては「「中間 das Zwischen」というものが本質的である」（ＨＡ九八－一二八）。ここで彼は「半神」という言葉を持ち出した。

「ここにおいて、それゆえにまた、この「中間」を引き受け、成し遂げ、充全に耐え切れる者らが、最初に呼ばれ、召されたる者たちである。この召命されたる者たちこそ、もはや単に人間ではないが、しかしまだ神々ではない者たちである。ヘルダーリンはこうした者たちを「半神たち die Halbgöter」と名づける。半神たちの本質形態は、時代の異なるに応じて異なる。」（ＨＡ九八－一二八）

ハイデガーは、この一文に続けて、「ヘルダーリンが聖なるものの国を考えている場合、到る所で彼が真っ先に且つ恒常的に半神たちを考えているということ、これを彼自身が賛歌「ライン河」の中で言明している」（ＨＡ九八－一二八）と述べて、次のような詩句をあげた。

「半神たちを私はいま思う
そして私はこの忠実なる者たちを知らなければならない
彼らの生がしばしばかくも
私の憧れる胸を動かすからだ」（ＨＡ九八－一二九）

「半神」は、片親が神でもう一方が人間だからという理解はここにはない。本質から捉えられている。本質的な理解ということで言えば、その語が示す「移行」や「中間」や「調和」は、ヘルダーリンの友人であったヘーゲルの哲学に結びつけて理解することもできる。しかし、そうなると彼の詩はヘーゲルの形而上学（弁証法）の中にとらわれてしまう。それを超え出るのでなければならない。「半神」という言い方に注目したのは、人間か神々か、どちらかに総合されてしまうという危惧がハイデガーにあったのかも知れない。それは「移行」を何かへの移行として、それ自体が過ぎ去るべきものとして考えられてしまうことへの懸念である。ハイデガーは、「移行」すなわち「半神たち」がそれ自体において真理をあらわにするものであって、何かに落ち着いてしまったら、それは近代の計算的思考の術中に収まってしまうのではないかと考えている。

こうしたハイデガーの発想は、折口の「まれびと」理解に結びつけることができる。「まれびと」にせよ「精霊」にせよ、これを神の一つの現象と見てはならない。それが神そのものであるという理解をしなければならない。God、Dieu などの欧米の語に対応するとされる日本語の「カミ」とは語源のはっきりしないものである。それは近代人が自覚のないままに、自分の文脈で理解しようとするからである。別のところで論じたように、(註3)「まれびと」とは、実はそれだけを取り出すなら、十分に立証することのできない概念であり、ある意味では折口の創作と言ってもいいような概念である。したがって、この概念が理論的な有効性を持つというのであれば、その周辺のことを、あるいは、それを支えていた生活を全体として明らかにするものでなければならない。別の仕方で言えば、その概念において古代日本人の存在に関する真理が明らかになるというような概念でなければならない。この視点を取らなければ、「まれびと」という折口学の中心的な語を理解することはできないだろう。

「半神たち」は「移行」と「中間」として理解された。それは、解釈されているヘルダーリンの詩の根本的主題においても通底するものであるはずである。それが川の「流れ」の意味であった。

十　流れと所在

大正九年春の「妣が国へ、常世へ」と題された折口信夫の論文は、後年、「今からは恥ずかしい程、合理式な態度であつた」（二―二七八）と批判的に回顧されたが、その内容が間違っていたと反省されているわけではない。よく引用される次の文章に見られるように、「合理式」に書かれたこの論文は一種高揚した調子を持っている。

「十年前、熊野に旅して、光り充つ真昼の海に突き出た大王个岬の盡端に立つた時、遙かな波路の果てに、わが魂のふるさとのある様な気がしてならなかつた。此をはかない詩人気どりの感傷と卑下する気には、今以てなれない。此は是、曾ては祖々の胸を煽り立てた懐郷心（のすたるじい）の間歇遺伝（あたいずむ）として、現れたものではなからうか。」（二―一五）

これが単なる詠嘆の文章ではないと折口が言うのは、この文章の背後に彼の学問確立に大きな意味を持った沖縄探訪があるからである。『古代研究』の、この巻頭論文に続く論文「古代生活の研究」にその沖縄での調査が論じられた。引用で言う「波路の果て」の「わが魂のふるさと」というのは「とこよのくに」をさすが、それは沖縄で言う「にらいかない」のことだとその論文で指摘された。その「とこよのくに」とは「海上の島の名」（二-四六）である。折口は次のように言う。

「海岸に村づくりした祖先の亡き数に入つた人々の霊は、皆生きて遙かな海中の島に唯稀にのみあるものとせられてゐたのである。さうして、児孫の村をおとづれて、幸福の予言を与へて去る。その来るや常世波に乗りて寄り、去る時も亦、常世波に揺られて帰るのである。」（二-四六〜四七）

彼岸と此岸の間にある海は茫漠として動かない水ではない。「常世波」は寄り来るものであり、動いていて、流れている。しかもそれは、「常世波」という言い方に示されるように特別のものであった。そういう特別の水のあることを『古代研究』の中で折口は何度も論じている。「遠い浄土から、時を限つてより来る水」（二-一〇二）とは「聖水」（二-一〇二）であり、それが特別というのは古代の人々が「常世から魂のより来ると考へた」（二-一〇二）からである。その波に乗って、稀に来る者がいる。この「まれびと」は祭りに訪れた。その祭りで、人々は一年の安心ある生活を送ることがこの客によって約束される。流れ来て去っていくということ、そして流れに近く住んで生活をするということ、さらに、高揚した調子で語られる「ふるさと」。これらすべてをわれわれはハイデガーのヘルダーリンの詩の注釈に見いだすことができる。

ヘルダーリンの詩にある「イスター」とは川の名前（ドナウ川の古称）である。この注解でハイデガーがまず取り上げたのは、その「流れ」であった。ヘルダーリンの詩には「だが、かの流れが何をなすや Was aber jener thuet der Strom,／知る人はたれもいない Weis niemand.」とある。川の流れが何かを行うというのは、通常の理解にはない。これに、ハイデガーは「ここでしかし我らは建てよう」という詩句を対置した。人はこの流れのほとりに住む。住むことは流れに対立しない。「ここでしかし」の「ここで」とは「この流れのほとり」（ＨＩ一三-八）を指す。では、住むとはどのようなことか。ハイデガーはこう述べている。

「住まうとはある滞在を得ることであり、滞在を守ることである。しかも、それは人間がこの地上に滞在するの意である。滞在とは滞留である。それは時の間を要する。この時の間において、人間は休らいを見いだす。」（ＨＩ二三-三三）

ハイデガーは、滞在において「人間の本質は損なわれぬ姿の内に保管される」（ＨＩ二三-三三）とも語る。流れに対する滞在において、人間は人間として休らうことができる。彼がこう言うことで示そうとしたのは、川や流れ、あるいは住むことについて、普通われわれがその本質として、あるいは意味として取り出す事柄への拒否である。流れは単なる変化ではなく、住むとはある場所に落ち着いてしまうことではない。流れを流れとして、住むことを住むこととして理解してみるということである。いま見えているこの川の流れは「消え去りゆくもの」（ＨＩ三三-四四）であり、それは何処かに行きつくその途上にある。その「予感」（ＨＩ三三-四四）がある。それは過去から来て、未来へと去っていく「独特の様相を持つ流離《さすら》い eine Wanderung von einziger Art である」（ＨＩ三三-四四）。「予感」とは未来だけではなく、過去に対するものでもある。過去とは追憶の対象とされる。来るべきものは、流れを見る者の目には何程のものでもない。内容がないからである。未来はまだ存在していない。しかし、その流れは過去から来たものであり、そうである限り、今の私に計り知れない内容を与えることができる豊かな内容がある。これをハイデガーは、「流離《さすら》いの旅の本質的豊かさ」（ＨＩ三五‐四六）だと言う。

流れとは「行旅 die Wandershaft」である。それは「人間がこの地上に故郷を得て住むにいたるその存在を規定する」（ＨＩ三五‐四六）。「規定する」というのは、実際には人間がこの地上では故郷を得られないからである。流れのほとりのこの場所は、流れと区別された、動かない安定したものではない。流れを見る者は、流れが自分にとって何か本質的なことを意味しているように思われるので、そうしている。そうでなければ人は流れを見ることはない。それは自然を見る時におのれ自身の自然を見るのと同様である。彼が流れのほとりに住むのは、そこにやって来たからである。したがって彼は、住んでいるということ自体において流れていく者である。「流れは、行旅の遍歴において獲得される所在ですらある」（ＨＩ三六‐四七）とハイデガーは付け加えた。日本語訳全集にしたがって「所在」としたその原語は Ortschaft である。普通の辞書通りなら村落や集落、あるいは宿場を意味する。

流れていく人間がある一定の期間、ある一定の場所に住むということを言おうとして「流れ」と「所在」という言葉が用いられているのではない。ハイデガーは「流れは歴史的人間がこの地上に故郷を得て住むにいたる行旅である」（ＨＩ三八‐四九）とも言う。人間一般ではなく、「歴史的人間」である。人間は歴史と結びつくことによって初めて人間となる。歴史は祝祭に根拠が見いだされるものであり、その意味で祝祭は「歴史の本質根底」である。祝祭の中ではじめて人間は歴史的存在となる。「イスター」詩編においては、それは「故郷を得る」ことだとされた。故郷とは、故郷に住んでいないものにとって有意義なものである。ハイデガーは、「故郷を得るにいたるということは、それ故、異国のものを渡りゆく通過の道である」（HI六〇-七二）と語る。故郷と異国との対立が「故郷」の概念を成立させている。この対立がそのまま「歴史の本質」（HI六一-七二）であった。歴史とは故郷（固有のもの）と、そこから離れて住んでいるもの（異国のもの）との「対決」に外ならない。歴史とは時間の流れに沿っておかれた事件の一覧ではない。歴史的人間が場所を得ることが住まうということである。場所を得るとは、流離っているがゆえに、である。流離うことがなければ、場所を得るということはありえない。流離うことがなければ、場所は与えられたものとなり、生まれた時から、そこを故郷だと思い込むことになるだろう。しかし、生まれるということ自体が、そこに到来したということを意味する。そのことに気づいた時、故郷は異国となる。したがって、住むということは「所在と行旅との統一 die Einheit von Ortschaft und Wanderschaft」（HI六七-八一）である。ここで「統一」は「調和」を意味しない。それは「対決」に外ならない。

ハイデガーは、「ドイツ人の歴史的人間性のかかる異国のものが、ヘルダーリンにとってはギリシア精神である」（HI六七-八一）と言う。折口が『古代研究』冒頭においた先に引用した文章で強調していたことも「異国」に住む日本人のことであった。故郷は思い起こすことさえ困難となっている。「われ〳〵の考へは竟（ツヒ）に我々の考へである」（二-一三）。古代の日本人と近代のわれわれとの間には、断絶が存在する。「開花の光りはわたつみの胸を一挙にあさましい干潟とした」（二-一三）からである。

ハイデガーは「ドイツ精神」と「ギリシア精神」とを対立させた。「なぜなら、ギリシア精神において元初的なるものが性起したのである。元初のもののみが歴史を基礎づけるからである」（HI六九-八三）。このように語られた「元初的なるもの」とは何か。ハイデガーはソフォクレスのアンティゴネーに言及した。その戯曲の中で歌われる合唱の「基本語」（ＨＩ七六-九二）たるト・デイノン τὸ δεινόν の訳が問題にされる。通常は「恐るべきもの das Furchtbare」というような訳になるところを、ハイデガーは「休らいなきもの das Unheimliche」と訳した。通常は「不気味なもの」と訳される言葉で、Heimat（故郷）の否定形に由来する。強引な訳と言うべきだろう。これは彼自身も認めた（「最初は強引と思えるような訳語（ＨＩ八四-一〇一）」）。同じ語をヘルダーリンは「途方もないもの das Ungeheuere」あるいは「強大なもの das Gewaltige」と訳している。この訳について、ハイデガーは次のように説明した。

「あの「途方もないもの」は必ずしも巨大な性質を持つものの意味においてのみ考えられてはならない。この途方もないものとは、同時に且つ本来的に、うち解けられないもの das Nicht-Geheuere である。うち解けられるものとは、親愛なるもの、故郷のものである。途方もないものとは故郷ならぬものである。」（ＨＩ八六-一〇三）

ハイデガーは自分の強引な訳のよりどころとしてヘルダーリンの訳語を引き合いに出しているように見える。人間は安らぎに恵まれぬものである。そう思うとき、われわれは何か安らぎを与えてくれるものを考えている。ハイデガーによるなら、それでは対象に振りまわされるだけのことである。「もっと根本的に把握されなければならない」（ＨＩ九一-一〇八）。「途方もないもの」とは自分の手に余る大きさのもののことを言っているのではない。それは、「安らぎを与えぬものに自らを引き止めているもの」（ＨＩ九一-一〇八）である。安らぎを与えてくれないが、にもかかわらず、人はそれに囚われてしまうということである。人間は何かに依存しなければ生きていくことができない。人は不安を嫌うが、不安しかないというのであれば、不安に依存してしまう。ここでハイデガーは、そうした人間の神経症的本質を見すえている。「故郷に住まない者は故郷のものを欠いている」（ＨＩ九二—一〇九）と、彼が当たり前のことを言うときに示されている認識とは以上のようなものである。「大王个岬」に立った折口の認識もまた同様であった。「懐郷心」という言い方に曖昧なところはない。「他界」は決して現前してこないが、それが「他界」の現前の仕方であるという、その存在の基本的な構造を折口は心得ていた。感覚的直観は、先行する直観されないものによって支えられていなければならない。これがハイデガーの言う「不在という様相における現前 die Anwesung in der Art einer Abwesung」（ＨＩ九二—一〇九～一一〇）の意味であった。

そこにあのイメージの議論が結びついているが、ここでは、折口の「まれびと」の議論の中でこの問題を見ておきたい。

十一　祭りに現前するもの

昭和十七年に書かれた「日本芸能史六講」で、折口は次のように述べていた。

「……かのまつりに、遠いところから神様がおいでになる。更にいへば、ある晩を期し、いつも必、ある大きな家へ遠来の神が姿を現される、といふことになりますが、其際、沢山の神を連れての来臨の場合が多いのです。／そこでその家の主人が、その来臨せられた神達を饗応することになりますが、その主となる神がまれびとなのです。」（二二一―二二三）

この文章の前に、「ともかくまつりには実際に、神様が来られると信じてゐた時代の話です」（二二一―二二二）と断り書きがあって、いきなりこのように切り出されている。背後に折口の近代批判が見える。「教養のある者は、空つぽの祭りをまつりだと考えてゐた」（二二一―二二二）と言う。「教養のある者」とは皮肉な言い方だが、明治（「開花の光り」）以来の近代的な教育を受けた者には神々などは見えていない（信じない）。彼らはまつりとはお祭り騒ぎのことだと思い込んでいる連中である。折口は神を信じない人間に昔話をしたのではない。合理的に神の概念を説明することも避けた。古代の日本人の生活の中で、祭りにおいてはどのようなことが起こっていたのか、まずそれが示されるとおりに受けとらなければならない。

ある大きな家で「饗宴」が行われている。まつりとは、つまり「宴会」である。人々が集まって何かの宴会（酒宴）が行われているという光景、これを折口は呈示した。何故そのような宴会が行われているのか。よく見ると、ある人々を中心に座が組まれているので、客が来ていると分かる。客は特別な存在であり、めったに来ないので、村人たちが集まって歓迎の酒宴を開いているのである。そのうちに歌や踊りが始まる。折口は、この光景の理解の鍵概念として「神様」を意味する「まれびと」という古語を持ち出した。肝心な点は、村人たちはそのことを最初からはっきり意識しているわけではないということである。

「いつたい目的を生ずるといふことは、その前にある動作が固定してこなければならぬ、つまり習慣になつて来なければならない、といふことでせう。そしてその習慣を繰り返してゐるうちに、それがどういふ訣で繰り返されてゐるのか、といふことで、その目的を考へてくることになるのです。さうして、その目的らしいものを取り出して来て、今度はその目的にあつたやうな風に、だん〳〵芸能の形を変へてきます。」（二一一-二一二）

まず事柄の存在をその通りに見極めるべきである。その事柄から見えるとおりのものを捉えるということが肝要である。「饗宴」には目的があるはずだが、だからといって、それを見ているだけの者が思い込みでそれを理解するなら、それは誤謬である。まつりは「宴会」であり、つまりは酒宴なのだから、参加者が楽しみのためにやっているだけのことであると考えるなら、説明はつかない。なぜなら、生産力の乏しい古代の村落ではよほどのことでないかぎり、単なる楽しみのために明日の生活を不安にするような蕩尽めいたことはできないからである。まつりが存在するためには、何かその根本的な不安とひき換えてもいいような特別の目的がなくてはならない。

以上に述べたことを「古代の日本人は神々を迎える祭式を執りおこなっていた」と解するなら、またしても誤解になる。それは現代人による解釈ではあっても、現象に即したものではない。まず、起こっていることを、そのままにシニフィアン（意味するもの）の流れとして受けとるのでなければならない。「古代の日本人は神々を迎える祭式を執りおこなっていた」というのは、それによって示されたもの、一つのシニフィエ（意味されたもの）に過ぎない。折口が肉薄しようとしていたのは、正確なシニフィアンの流れ（事柄）

そのものであって、さまざまに歴史的制約を受けやすいシニフィエではない。シニフィアンとシニフィエとを分断する横線はあっさりと越えられるようなものではない。それは抵抗線である。この場合、その横線を超えさせるものが「目的」ということになる。それは生成してきたもの、つまり「習慣」であり、それを意識したときに初めてそれは「目的」となる。しかし、意識し始めた決定的瞬間を捉えることはできない。それは事後的にあったとしか言うことができない。この構造はハイデガーがカントにおいて評価していた認識のそれと同様である。

ここから、彼が「半神」に再び言及する「イスター」読解の部分に入りこむことができる。

十二　詩作と思索

「イスター」注釈第三部冒頭に、「ソフォクレスの合唱歌とヘルダーリンの流れの詩とは同一のことを詩作している」（HI一五三―一八二）とある。「同一のことを詩作する」とは、互いを還元しあって、区別をなし崩しにすることなく、差異を保持しながら理解するという、この第三部の目的を表している。すでに本質とは一挙に行われる合理的な一般化を意味するものではない。同一性の手前にある本質的な差異をハイデガーは強調した。ギリシア時代の思考は神話の表現から始まった。そこから抜け出ることが合理的に考えることだとする「脱‐神話化」を、彼は「啓蒙主義」という「形而上学」だとして告発する（HI一三九―一六二）。たしかに、合理的思惟とは一種の「脱‐神話化」ではある。つまり、それは「存在」を考える一つの仕方である。だが、別の思索もある。それを引き出すことがハイデガーのギリシア理解の目的であった。ソフォクレスのギリシアには存在を考える別の仕方が存在した。そこで、詩作と思索とは根本において結びついているとハイデガーは見た。どのようなことなのか。

第二部の終わりの方でハイデガーは、「だが、何を詩人は語るのか」（HⅠ一四九-一七三）と言って、「詩人は、彼がまず思索したものを語るのではない」（HⅠ一四九-一七四）と述べた。詩人は自分の頭にある事柄を詩作しようとして、それを言葉にするのではない。「むしろ、詩人の語ること自体が詩作である」（HⅠ一四九-一七四）。語るということが最初にある。文字通り、詩人とは（本質を）語る存在である。つまり、先の折口の文章に言う「習慣」と同様である。ここから詩作が理解されなければならない。詩人とは、詩人として詩作するために、その技術を習得し、しかる後に詩作するという技術者ではない。詩作するがゆえの詩人である。詩人の語ることとは、彼の考えたことではない。事柄の方から歌うように強制してくるものがあり、それがある者を通して語り出される。その人が詩人と呼ばれる。「饗宴」を開くように強制してくるもの、それを神と呼ぶのと同断である。詩人が、存在を語り出すのにぴったりした言葉を見つけてくるというのではない。「詩作とは、存在を語りつつ見いだすことである」（HⅠ一四九-一七四）。まつりのなかで人々が「まれびと」をそれとして認識するのは、たれかから教えられてのことではない。ある詩句が、詩句になっている（日常言語を超えている）とするなら、それはどんな人間にも大切なことが語られているからである。「語りつつ見いだす」と言われているが、詩人は、それを語りながらでしか見いだせないし、それを読む者は実際に読んでみることにおいてしか読み取ることはできない。それはシニフィアンとして時間の流れのなかで形成されていく外のないものであり、全体を手に取って眺めることのできるようなおあつらえ向きの表現はどこにも見つけられない。「むしろ詩人の語ること自体が詩作である」（HＩ一四九－一七四）。語ることは誰にでもできる。しかし、詩作となる語りを行うことができるのは、詩人しかいない。では、詩人とはたれか。

「詩作の本質はまずやはり詩作されなければならない。歴史の内奥の苦悩が、まさに詩作の本質を他に先んじて詩作する詩人のいることの必要性を求める。このような詩人であることがもっとも困難である。」（HＩ一七二－二〇三）

詩作の本質は学んで得られるものではない。「まず詩作されなければならない」。したがって、まず詩がある。あるいは詩と呼ばれる語りがある。人々はそれを聞いている。それは大切なことが語られているからだが、人々はそのことに最初から気づいている訣ではない。ハイデガーが「歴史の内奥の苦悩」というのがそのことを示している。「内奥の苦悩」を引き出すのは詩人であるが、それは「もっとも困難なこと」である。「苦悩」とはここでは故郷の喪失を言う。しかし、問題はどのような仕方で故郷が喪失されているのかということである。ヘルダーリンが詩人であるとするなら、彼自身が故郷喪失者である。故郷喪失に気づいたものは、故郷を目指す旅に出る。これは、目的がはっきりしているには違いないが、本当にその目的が達成されるかどうかは分からない。しかし、旅立たねばならない。ハイデガーによれば、故郷で得られるであろうものをヘルダーリンは「天の火」と表現した。ここでヘルダーリンの次の言葉が引用される。

「そして私の信ずるところによれば、表現の明確さということがまさしくわれわれには根源的にきわめて自然本然のものとしてあるが、それはちょうどギリシア人にとって、天の火が本然であるのと同様である。」(HⅠ一六八－一九九)

この「天の火」こそ詩作されねばならない。ヘルダーリンはこれを「聖なるもの das Heilige」(HⅠ一七三－二〇四)と名づけた(イスター詩編)。この「聖なるもの」とは何か。ハイデガーは次のように答える。

「これは神々を立ち超え神々自身を規定するところのものであり、そして同時に、詩作さるべき「詩人的なもの」として、歴史的人間の住まうことをその本質にもたらすものである。」(HⅠ一七三－二〇四)

「神々を超えて神々自身を規定するもの」を詩人は語ることができる。普通の人間にはそれができない。人間としての人間に見えるのは「神々」ばかりである。詩人には「神々」を「神々」たらしめるものが見えている。そうだとするなら、詩人は単なる人間ではない。しかし、神と呼ぶわけにもいかない。こうしてハイデガーは、「詩人は、人間と神々との間の「中間」から見た場合、「半神」である」(HⅠ一七三－二〇四)と言う。これは、すでに見ておいた全集第五二巻の「あたかも祭りの日のように……」の注解の反覆である。祭りという「中間」を引き受ける者、それが「半神」であるとされた。ここでハイデガーはさらに議論を進める。「半神」とは「客 Gast」だというのである。ただちに折口の「客人(まれびと)」という言葉が呼応する。

イスター賛歌には「半神」ヘラクレス(ゼウスと、テーベの将軍アンフィトリュオンの妻であるアルクメネとの間に産まれた）が登場する。ヘラクレスは「この川」つまりイスターが招いた「客」とされる。客とは厚遇される者である。単なる訪問者ではない。なぜ厚遇されるのか。「イスターのこのように客を喜び迎える心の中には、異国のもの及びその異郷性を進んで承認しようとする用意がある」（ＨＩ一七五-二〇七）とハイデガーは言う。客が客としてその家にとどまるかぎり、客はその家の者と混同されることがない。「そのようにしてのみ、客の厚遇において何らかの学ぶことが可能となる」（ＨＩ一七六-二〇七）。ヘラクレスは「異国の半神」（ＨＩ一七六-二〇七）であり、「客」である。家の者と混同されたとたんに彼は客ではなくなるだろう。ところで、客として招かれている家とは、イスターと呼ばれる流れである。この流れが絶えず客と共にある。

人は流れという家に住んでいる。住むとは場所を得ることである。住むことのできるためには、人間はその場所へ行かなければならない。したがって、住むとは故郷を離れていて、しかもそれを求めているということを意味する。つまり、住むという考えが成立するには、故郷に住んでいないという認識が前提としてある。故郷に住んでいたいのだが、そうではないところに場所を得て住んだ。そしてそこに住んでしまうと、住んでいるのだから、そこが故郷なのだという理解が生まれる。そこにヘラクレスという遠方からの客がやってきた。すると、ここはもしかしたら故郷ではないのかも知れないという疑念が持ち上がってくる。この異郷の人が、客という厚遇すべきものであるなら、理由がなければならない。疑念はそこに結びついた。故郷は、流れに対して源泉を意味するが、ここには流れがあるばかりである。したがって、住むということは故郷と異郷との対立のうちにあって、流れることそのものなのである。これは歴史に気づくということでもある。われわれにとってもっとも固有のものが遠く離れた故郷にあるということ、それは確信ではあっても合理的に認識できることではない。これを知るには実際に流れをたどってみる外に知る術はない。しかも、その故郷への旅は、たどり着く保証のない旅である。故郷は、故郷を離れることによってしか、それと認識できないとするなら、われわれがこの地上で故郷を得るなどということはありえない。故郷を得るということは、故郷を得ないということのうちにおいてのみ可能なのである。詩人とは、このようなことを語る者である。「半神たちとしての河の流れ die Ströme als Halbgötter は、言葉の唯一の意味において「言葉となら zur Sprache seyn［ヘルダーリンの表現］」なければならない」（HⅠ一八五-二一八）とハイデガーは言う。すなわち、「半神たち」は「言葉になる」。したがって、人間に住むことを可能にする「言葉」とは「半神たち」に外ならない。ハイデガーは次のように続けた。

「したがって、半神たちは、言葉へと呼ばれ、言葉を語ることへと召された者たちでなければならない。」（HⅠ一八五-二一八）

くり返すことになるが、折口によれば、人間が住むことができるようになるためにはまず「精霊」を圧倒しなければならなかった。住むことの正当性を訴える神々の言葉がそこに必要だからである。それは神々の語る言葉であるので、語る主体は神々である。この背景にある「みこともち」の論理を折口は強調した。古代人名に「尊」あるいは「命」という名のつくことのあるのはよく知られているが、折口の説によれば、それは「天子の聖旨を伝達する者の義である」（二〇-一二三）。「聖旨を伝達する」ことが「政（マツリゴト）」であるが、重要なのは、「その事に当る人々が、その最初の発言者と同一の聖なる資格を持つことである」（二一〇―二一四）。したがって、天皇も「みこともち」の一人である。折口によれば、戦国の「下克上」もこれで説明できる。「主命を伝へ宣べる者が、やがて主人と同資格なる瞬間を延長し、その意義において、常に接触する人々の間に勢力を得ていつた事が、遂に真の主人の存在を忘れさせるやうにもなつた」（二一〇―二一四）という訣である。議論の軸はどこまでも言葉の存在にある。天皇が支配力を持つのは軍事力によるのではない。まず、それが神の言葉を持っているのかどうかが問題なのである。ハイデガーの言い方を使えば、その者が「言葉を語ることへと召された者」であるかどうかが決定的な意味を持つということである。

「半神たち」の語る言葉は「聖なるもの」である。ハイデガーによれば、「聖なるもの」とは「詩作さるべきもの」であった。これは「分断されたり、寸断したり」（ＨＩ一九三―二二八）されて伝達されてはならない。形が重要である。明確なシニフィアンの流れとして、一つの全体として呈示されなければ「聖なるものの」の資格はない。（したがって、シニフィアンそのものには全体なるものは存在しない。）「聖なるもの」が表現される言葉を、聞き取るものが勝手に先行了解することは許されないのである。言葉自体の方から一つのまとまりとして他から区別されて呈示されていなければ、「聖なるもの」とはならない。折口によれば、「言葉の中には精霊が活躍して」（別巻一―二七）いる。この「精霊」とは「ことたま」のことである。これが「威力」をもって約束通りの結果を実現する。古代人はそう考えていた。したがって、間違っていてはならない。「間違った兇詞をすると、それを罰する神が出て来」（別巻一―二八）るほどである。断片的に寸断することも許されない。記紀の解釈が問題になるのは、全体が「漢文流」（一二―三〇六）になっていないからである。その中に、「象眼の様に、古詞章が入れられてゐる」（一二―三〇五）ために、理解が難しくなっている。これを、古来の単語だけを活かして、「漢文流」にパラフレーズするなら、言葉の「威力」は失われてしまう。「聖なるもの」とはそのようなものである。しかし、ハイデガーにも言えることだが、二人とも神秘的なことを言っているのではない。折口に言わせるなら、「単語と文章とはどうしても一致しなくてはならない。つまり、形式と内容とが結合したものでなければならない」（別巻一-一二）。なぜなら、「その形式と内容とが結びついているものが文法である」（別巻一-一二）からである。文法がなければ、あるいはそれが崩壊したならば、われわれは話すことが出来ない。しかも言葉は時空の制約を受ける。だから、われわれは言葉を、それが用いられた時代と地域において用いられた文法で理解しなければならない。二人が行なっていたことは、この当たり前のことであった。近代から、合理的な本質の力によって類推することは許されないのである。（但し、折口の方には、契沖以来の国学の歴史をふまえる必要のあることは、ここで断っておくべきかもしれない。）

ところで、このように流れのほとりで言葉を語る「半神たち」は、到来した者たちであった。では、彼らの行く末はどうなるのか。

十三　流離《さすら》う半神たち――まれびと、芸能の発生

ヘルダーリンは「半神」ヘラクレスが客として招かれた後どうなったのかについて、何も書き残さなかった。「かのヘラクレスを客として招いた」としか歌っていない。しかし、招かれてやって来た半神が客であるかぎりは、また何処かへ去っていくはずである。半神は流離う。まれびとも同様である。というよりも、

折口はそこにこそ関心を持った。芸能の発生である。ここでは「日本芸能史六講」にしたがって芸能の発生をたどってみる。

「芸能はおほよそ「祭り」から起こつてゐる」(二一-二〇)と折口は話を起こした。「広い意味に於て、饗宴に起こつたといふ方が、適当かも知れません」(二一-二〇)と付け加える。この祭りに「遠いところから神様がおいでになる」(二一-二三)。ある大きな家にやって来る。そこで饗応が行われるが、「その主となる神がまれびと」(二一-二三)である。饗宴においては、「やがてその神が立つて、めい〱定つただけの儀式的な舞踊のやうなものを行はせます。と同時に、この時に歌謡なり或は詞章を唱へるといふことも、あつたに違ひない」(二一-二〇)。すでに言ったように、「まれびと」とはいえ、それは村人である。踊るなどということが簡単にできるはずがない。「根本には必、指導者が居て教養を与へてゐる」(二一-二三)にちがいないと折口は考えた。彼はここでもう一つの場面を想定した。

「饗応の形は家の中ばかりでなく、外でも行はれることがあります。つまり庭の饗宴といふことですが、社会的にあまり地位の高い家だと、まれびとが庭にまで来て、家に上がらないといふことがあります。」(二一-二七)

「従つてそこでは、まれびとの位置が低く感じられる」(二一-二七)と付け加えられて、次の想定が入る。「そしてさうなると、まれびとの低いものが、だん〱来るやうにもなります」。「まれびと」には二種類あるというわけである。折口は次のように説明した。

「つまり、非常に大いなる威力を持つ神が来ると考へられてゐたのが、何時のまにかその位置が顚倒して、位置の低い土地のすぴりつとやでもんが来る、といふ風に考へられて来ます。貴族の家、或は寺などを訪問するものは、凡、地位の低いものゝやうに考へられて居ます。」(二一-二七)

この「地位の低いもの」が芸能者になる。折口はそう考えた。芸能の性格がここで本質的な規定を受ける。「すぴりつとやでもん」は住んでいる者たちに禍をもたらすものであった。従って、嫌われて当然であり、そこで「神に対して近づきたくないといふ感情」(二一-二八)や「低い霊物を軽蔑しているといふ感じ」(二一-二八)が出てくる。しかし、豊作や豊漁は神々のおかげであり、その意味が日本人の饗宴には込められていることが否定されることはなかった。「我々の持つてゐる饗宴は、……何処かに、神を中心とする饗宴の名残が残つて」(二一-二九)いるのである。

このような神々は一つところで饗応を受けたら、また次の所に「ことほぎ」をしに行く。「まれびと」は人間であったから、ここで人間にも二種類があるということになる。「低い神々」は、人間社会から区別され、その外に存在する異人となって、各地を放浪して歩くことになる。こうして芸能者が生まれた。

以上のような発生的考察は、他の場合と同様に、彼自身の想定するひとつの光景から発想されている。晩年に書かれた「日本芸能史序説」で、「譬へばかういふ形を考へてみたらよい」(二一-二〇三)という前置きで、次のように描写された。

「――路傍の広い所に沢山の人が集まつて輪を画いてゐる。其中で数人の人が芸をしてゐる。所謂衆人環視の中の大道芸である。其処には芸を演じてゐる者の他に、囃をしてゐる者も居り、其外に謂はゞ見物からは見えない、楽屋の中にゐる筈の者までが、公衆の面前に控へてゐる。」（二一−二〇三）

これが折口の芸能に関する「原光景」である。饗宴（酒宴）から祭りが考えられたと同様に、彼は大道芸から芸能を見た。「原光景」というフロイトの概念を持ち出すのは、これが彼自身の想像、フロイトの言葉でいえば「幻想」であって、現実にこれに正確に対応するものを持たないからである。しかし、彼は常にこの幻想に立ち返るところから芸能の一切の問題を考えようとした。ここにはフロイトの考えた「原光景」の概念に通底する外傷的部分も認められる。本来なら、神として屋根のある立派なところで饗応を受けるべき所を、零落した神として、芸を売って身の助けとしているという認識を窺うことができるからである。このことには、次のような折口の歴史認識が対応する。

「日本の国家組織に先立って芸能者には団体があった。その歴史を調べると日本の奴隷階級の起源、変化、固定のさまがよくわかる。日本には良民と不良民とがある。そのうかれ人が芸人なのである。その歴史がわかるだけでも、芸能史はやりがいがある。かぶきものというのは、このごろつきの団体の謂で、結局無頼漢の運動が日本芸能史となるのである。」（ノート篇五−一一三）

以上に一端を示した折口芸能史はこれまでに見たハイデガーの議論とどのように関わっていくのだろうか。

十四　見物と陶酔

今見た芸能に関する大道芸の「原光景」には見物がいた。芸能とはパフォーマンスであり、その考察に観客がどのように関わるのか。折口は見物の存在を芸能に本質的な要素と見なしていた。これは芸能者が自らをよく訓練し、観客がそのパフォーマンスを評価する、そのことによってさらにその技芸が洗練化されていくといった技術的なことではない。次のように述べられている。

「芸能には、見物がはじめから必要である。そして、満座の中で行われることが条件である。芸能は、(一) 行なう人と、(二) それを観る群衆（群衆であることが大事である）とそれから、(三) 行なう芸能そのものと、この三つの要素が、わかりきったことだが、必要なことである。それほど芸能は、見物を必須条件としている。更にいうと、芸能を行なう人、行動する人自身も多くは群衆である。」（ノート篇六-一四五）

何故このように言わなければならないかについては、すでに筋道は付けられている。折口のあの「原光景」においては、大道で芸人が人々の輪の中で何かの芸をしていたが、楽屋にいて、出てこなくてもいいような者さえもが、その輪の中にいた。見物も含めて、芸能に関わる者は、パフォーマンスに際しては全員がそこにいる。そこにはある種の一体感がある。この見物の存在について、他のところでは「饗宴には、「見物」というものは、純粋な意味ではありません」（二一-二九）とも述べられている。神事なので、そこに居あわせる全員が饗宴の芸能に関わる者であり、たとえば「舞をまふことは、神に背かないといふことを前提としての行為なのですから、そこにほんたうの見物はあり得ない」（二一-三〇）のである。

祭りとは鎮魂の儀式であって、その術を居あわせる村人全員にほどこさなければ、意味をなさない。祭りの当事者たちの間で見物ということが発生するということはない。見物が「必須条件」だと言いながら、折口は「ほんたうの見物はあり得ない」と語る。矛盾を言っているようだが、そうではない。見物は「必須」だが、観客ということなら、それは後から発生したものであって、観客を系譜的にたどると饗宴の参加者（神々を迎える村人）になるということである。祭りには見物はいない。折口は「花狂い」と言われたほどに奥三河の「花祭り」に惹かれていたが、その神事の最後では、見物していた村人たちが神々の踊りの輪の中に全員参加して踊り出す。「招かれない客の位置が、だん〳〵見物を産み出した」（二一-三二）のである。「招かれない客」とは、何らかの事情で饗宴に呼ばれなかった人であり、先の大道芸の光景でいえば、それを見に集まってくる群衆である。彼らは好奇心で集まってくるにすぎない。だが、ここで変化が起こる。大勢の見物が芸人を駆り立てる。「信仰がもとでも好奇心で集まると、芸能を行なう人に興奮が起こってくる」（ノート篇六-一四六）。

ここで折口の言う「興奮」をハイデガーの論じたニーチェの「陶酔」に重ね合わせることができるはずである。ハイデガーによれば、ニーチェの語った「陶酔」とは感情を指すが、これは身体と一体になっている。心が陶酔を感じているが、身体は別だということにはならない。われわれは「身体として存在している」（NW一一七-一一六）。一方で、折口も「する人はする人で興奮していて、個性を離れた状態になっている」（ノート篇六-一四六）と言っている。興奮とは身体を巻き込んでいなければ成立しない。興奮した身体は起源を忘れる。好奇心に縛られ興奮した見物には認識は無縁である。芸能者も興奮の中で芸に没頭する。共に起源を忘却しているのだが、折口はこれを否定的には見ない。このようなことが起こるかぎり、神を迎える祭りという発生点を探ることはできるからである。それは「無意識の目的」（二一-三三）として、当事者の及ばぬところとなるが、無意識のうちに保持されているということでもあるからだ。「無意識の目的」とここで言われているのは、個人の無意識ということではない。大道芸のあの光景が存在するかぎり、その存在の構造として保持されているということである。これを言語として保持されていると言い換えてみることもできる。このような、大道の芸と一体となっている人々が美的なものを経験しているとするなら、美的なものとは、折口においても「主観的なものでも客観的なものでもない」（NW一四四-一四二）のである。

歌舞伎はこの大道芸の果てに出てくるものであると言っていい。あるいは、この光景が折口の歌舞伎論において決定的な意味を持ってくるのであって、そのように見ていかなければ、歌舞伎の本質ないし独自性は理解できない。折口芸能史では、神楽、田遊び、田楽、能、幸若舞、そして念仏踊りという系譜が一つ一つ取りあげられる。それらなくしては歌舞伎は存在しなかった。しかし、だからといって、この錯綜した流れに身を置くと、歌舞伎は独自性を失うばかりである。彼は長い芸能史講義においても三回にわたって「〈かぶき〉という語について」と題される講義をしている。それは「かぶき」という語に関する考察であって、歌舞伎というパフォーマンスに対する考察ではない。こういう議論のスタンスから、折口歌舞伎論の意味が見えてくるように思われる。

十五 「かぶき」と歌舞伎

「かぶき」、これを動詞形「かぶく」にして、そこから「かたぶく（傾く）」と解する。そして、常識を外れて勝手なふるまいをする、奇抜な身なりをするという意味を引き出す。よく知られたこの論法をまず折口は批判した。「かぶく」の語源は「かたぶく」であるにちがいない。だが、それは「歌舞伎に何の関係もない」（ノート篇五‐三〇五）と切り捨てる。折口は一方的に語源に頼ることを常々批判していた。切りがないからである。例えば、次のように言う。

「語源は世の中の人は一つだと思ふが、事実は一つではないのであります。言語は、意義をだん〳〵展開して行くものです。実は今の詞は最初の意義を忘れてゐるのです。今使つてゐる意味からどう考へても最初の意味に到達することはできないのです。」（別巻一‐六八）

したがって、普通の学者はどうするかといえば、語源を探求すると言って、適当なところで、つまり自分の勝手に納得できるところで探索を打ち切り、それを「語源」と称する。折口の言いたいのは、勝手の通じないところまで議論を深めることである。その言葉が生きていた生活の場面をできる限り復元して、そこでどのようにその言葉が使われていたのかを議論する。これが折口のやり方であった。彼の言葉によるなら、

「語源解剖することは、その語源に到達するまでの過程にあるものがわれわれの生活に行われていたというところに意味がある」(ノート篇一-二二八)ということである。

「かぶき」を「かたぶく」とする語源の議論に戻るなら、折口は「ただのかたぶくという用例はない」(ノート篇五-三〇五)と述べて、そのような解釈をする論者に国語学的な反省を求めている。言語学的な水準で言えば、折口は、これを方言とする見方を提唱した。彼の考えでは、時代が下ると、下の階級の言葉が上の階級の文学に影響してくる。「かぶく」という語についても、同様の事情が働いている。たとえば能狂言で使用される語にそれが見られる。というのも、そこに「当時の諸国の語が寄せ集められ、統一された」(ノート篇五-三〇七)からである。能狂言が芸能の主流を占めた時代は室町であった。これは武士の時代でもあったが、「武家の用語、戦術武器に関する名などには、どこから出たかわからぬ語がたくさんある」(ノート篇五-三〇五)。折口によれば、この室町が「日本で非常に民俗芸術の栄えた時代である」(ノート篇五-三〇五)。そして、この民俗芸術のうちで「一番最後に成功したものが、すなわち歌舞伎であった」(ノート篇五-三〇五)。「かぶく」という語は、この時代に現れた。目につく表現としては「かぶき茶」、「茶かぶき」というのがある。本式から外れた茶の飲み方、あるいは鑑賞の仕方を言うが、折口はこれを深追いはしていない。それよりも、ここで仮説を立てた。「かぶく」は「ことほぐ」ではないか、というのである。手がかりはたった一つ。当時の記録に、家の門柱に「かぶき柱」というのがあるということだけである。たった一つの柱の名前に、古代の祭りの反映を見ようというのである。この柱のところで、門付け芸人たちが萬歳などの「ことほぎ」をするという発想であった。これは、彼自身も認めるように、あくまでも「推測」(ノート篇五-三一五)であって、単なる示唆にすぎない。しかし、折口はこれにこだわる。その理由は、今でも歌舞伎興行に見られる櫓が示すように、芸が行われる場所には、物理的にそのしるしが必要だと考えていたからである。彼の民俗学上の最初の業績として知られる「髯籠の話」で言及された標山の発想である。神が降ってくるには目印が必要だという考えにもとづく。

では、「かぶく」という語自体についてはどうか。分かっているかぎりでは「乱暴をふるまう、狼藉を働く」ということである。関東から奥羽地方にまで「かぶきり」という方言がある。正式に髪を結わないことを言う。歌舞伎によく出てくる奴の頭に典型的に見られる。折口は芸人を社寺に属した「奴隷」と考えていたが、彼に言わせれば「奴」は奴隷風のものである」（ノート編五-三二七）。この「奴隷の風俗」が人々の目につき、例えば信長のような人が真似をした。「当時のハイカラで、乱暴で、性欲を刺戟するふうは奴隷のふうであった」（ノート編五-三二七）。これは役者の話ではなく、流行の話である。それが歌舞伎に入る。つまり、暴力と性、これが歌舞伎に入りこんだのである。

以上は「かぶき」という語の理解についての前提となる発言である。「かぶく」が歌舞伎に関係するというのであれば、それは歌舞伎芝居の本質を何らかの形で言いあらわしているものである筈である。折口は、「もう何度もいうてきたが、徹底的にいうておきたい」（ノート編五-三二〇）と強く言って、彼の説を述べた。彼によれば、「歌舞伎芝居の起こりは、世俗風の描写である」（ノート篇五-三〇五）。つまり、同時代の生活の再現、現代劇、これが芝居としての歌舞伎の起源であった。「世の中の一番のはやりの物まねをすることが「かぶく」」（ノート編五-三二〇）である。従って、奈良朝、平安朝の文献に出てくる「歌舞の伎」という語義と歌舞伎という語は関係がない。歌舞伎は、「踊りでなければ、世俗の物まねであった」（ノート編五-三二〇）。このように「世俗の物まね」だというのであれば、それは歌舞伎で言う「世話物」にしかあてはまらない。「時代物」の方は浄瑠璃から来たのではないかというのが折口の考えである。いずれにしても、歌舞伎は「芸術という意識を別にして、今の世をうつす」（ノート篇五-三三二）ものであった。

もちろん、以上の演劇的要素に加えて、出雲の阿国のエピソードにあるように、歌舞伎には踊りの要素が流れ込んでいる。というよりも、折口によれば、「最初の歌舞伎」は「小歌踊り」（ノート篇五-三三二）であった。お国の団体は念仏踊りで評判を取ったという想定も立てている。この場合の念仏踊りは、宗教起源ではあるが、一種のヴァラエティ・ショーの趣を持つものであったとも考えられている。全体としてみれば、歌舞伎には江戸と上方の二系統があり、前者を幸若舞い、後者を念仏踊りを内容としていた（ノート篇五-三三六）。この基本的状況に錯綜した事情が絡みついていく。

ところで、この踊りという観点から、あらためて折口の歌舞伎論を見ると、その独自なところが浮かび上がってくるように思われる。芸能史講義では、これはそういう意図があることが最初に記載されているので当然のことだが、踊りがクローズアップされた。ところが、歌舞伎だけを論じた一連の彼の文章には、踊りに照明があてられることがほとんどない。もっぱら彼の言う「歌舞伎芝居」が論じられている。すでに例に示した「伊勢音頭恋寝刃」という芝居について彼は幾度か書いているが、彼の「歌舞伎芝居」論を考えるために、ここで別の文章からもう一度見ておきたい。

この芝居の脇役に「お鹿」という女郎がいる。彼女は主人公、福岡貢に惚れている。そして、遣手の万野にだまされる形で、彼に、万野経由で金を貸した。しかしお鹿は、貢がこの借金について知りもしないし、惚れられてもいないと分かって失意に沈む。器量のよくない女が、美男の貢に惚れられていると信じ切って観客に笑われ、借金を反古にされたことをなじって憎まれる。折口の言い方では次のようになる。

「一つは笑はれ、一つは憎まれる。共に凡人の持つ、堪へられぬ寂しさを湛へてゐる。歌舞伎芝居では、時々、端役に、人間性に深い人物が現れて来る。お鹿の心を思うて、人道風な心持ちを抱かない人が、どうして芝居を見るのだらう。」(二二一-二二八)

「辻の立ち話」と題した小文の末尾である。折口は、この大量殺人劇(モデルとなった実際の事件では、九人斬り)の原因や劇としてのまとめ方(お家騒動もの)については関心を示していない。「かぶき」という言葉から浮かび上がる「性と暴力」あるいは「ならず者」の反社会性も、この芝居に関する考察事項になっていない。彼のこの芝居への関心は、あげてリアルな人間劇であるという点につきると言っていい。こういうところを見ると、折口はほとんどヨーロッパ近代のリアリズムを歌舞伎に見ようとしていたのではないかとさえ思われてくる。しかし、すでに見たように、彼にとって、両者は別物であった。「ならず者」が演ずる歌舞伎に「芸術」を求めることはできない。折口は、歌舞伎は「芸術」ではなく「人生」だと言っているのである。今の文章にある「凡人」とか「人間性」あるいは「人道風な心持ち」という言葉は「芸術」よりも「人生」という言葉を割り当てた方がよいように思われる。

『かぶき讃』冒頭に置かれた沢村源之助論「役者の一生」という一篇について、われわれは〈役者論〉という言い方をしたが、これは普通に言うなら「伝記」という表現がふさわしい。しかも史的な部分については補助的な言及しかなく、もっぱら沢村源之助という役者個人の事績を伝える文章になっている。浮かび上がってくるのは役者の生活とでも言うべきものである。この「役者の生活」には折口のこれまでわれわれが述べてきた議論が反映されていると理解しなければ、単なる歌舞伎俳優の伝記にしか見えない。

あるいはまた、「市村羽左衛門論」。羽左衛門は名優五代目尾上菊五郎を叔父に持つ。羽左衛門が家橘を名乗っていた若い頃に、事情があって小芝居に出ることになった。時代の変化があったとはいえ、大きな名前を継げる位置にいた身としては、小劇場に出るというのは決して名誉なことではない。折口は次のように書く。

「役者社会では、家橘の真砂座出勤を認める処まで、時世は変化して来てゐる。だが、見物たちは驚いたのである。市村座の櫓の後継者であり、家橘の子、菊五郎の甥である役者の、中州発ちを惜しんだ。」(二二－六八)

羽左衛門自身には利点もあった。小芝居に行くことで、歌舞伎座などの大劇場ではまだとてもできない大きい役を演じることができるようになり、修練の機会が得られるからである。ところが、興業人は別のことを考えた。叔父の、五代目「菊五郎の模写」(二二－六九)を売り物にすることである。羽左衛門は風貌において叔父によく似ていた。そして、羽左衛門自身も叔父の立派な芸をよく理解していた。その真似をすることは型を継ぐことであり、それは役者の世界では当然の修練と言っていい。だが、彼は菊五郎ではない。ここに彼の心中の苦闘が始まる。この辺のところを折口は詳しく述べた。ここで、われわれの持ち出した「人生」という言葉を「生活」と言い換えることもできる。しかし、歌舞伎役者の「生活」が分かったからといって、それで歌舞伎が理解できるのだろうか。歌舞伎は、ヨーロッパ流の演劇ではないにしても、表現に見物を引き込んでこそ今日まで生き延びてきたはずである。ここでわれわれが「生活」という言葉を引き合いに出すのは、折口がよく使っていたからである。「万葉人の生活」、「風土記の古代生活」あるいは「上代貴族生活の展開」など、彼の論文の表題をすぐにあげてみることができる。だが、そういうものを見ても、われわれは具体的な記述に出会うばかりで、通常期待される本質的な規定がおあつらえ向きに示されているわけではない。しかし、具体的な記述に出会うということは、「生活」という言葉が折口の民俗学的研究を指示しているということによる。歌舞伎という美的なものの経験とされるものが、古代生活の復元という民俗学的な探求に結びついている。当たり前のことを言うようだが、このことが折口の歌舞伎理解を根本的に規定していた。そう考えて、このことをまずハイデガーのニーチェ講義に立ち返って原理的に見ておきたい。

十六　真理と芸術との葛藤

ニーチェ講義（『ニーチェ、芸術としての力への意志』）の中で、ハイデガーは次のようなニーチェの言葉を引用している。

「芸術と真理との関係について、私はきわめて早くから真剣に考えていた。そして今でもある神聖な驚きを抱いてこの葛藤の前に立っている。」（ＮＷ一七三－一六九）

ここからハイデガーは次のような問題を引き出した。葛藤が生じるには、芸術と真理とが同一平面上に置かれていなくてはならない。しかし、普通に考えるなら、芸術は主観的な美意識に、真理は客観的な学問的認識に関わる。この二つは、とても同一平面上に置いて議論されるような問題ではない。どうして、この二つが同じ平面で比較考察されるのか。ハイデガーはまず真理の問題を取りあげる。

真理とは認識において問題となる。真か偽かということはまず認識において問われるからである。認識とは真なる認識を言う。たれも、偽なる認識について、それが認識だとは言わない。これには「二つの根本的に異なる解釈がある」（NW一八三―一七八）として、ハイデガーはプラトニズムと実証主義の真理観をあげた。

プラトニズムの認識観とは、理念の認識を良しとする。それは「ある事柄の何であるかを、そのイデアを知覚すること」（NW一八四―一七九）である。すなわち、「非感性的なもの」（NW一八四―一七九）を認識することが認識に外ならない。「認識するとは、自己を超感性的なものへ表象的に適合させることである」（NW一八四―一七九）。これをテオーリア θεωρία と言う。ハイデガーによれば、テオーリアとは「特定の存在解釈」（NW一八四―一八〇）であり、「形而上学の基盤の上でのみ意味と正当性とを持つ」（NW一八四―一八〇）。ここでいう「形而上学」は普遍性を持たない。時代と場所が変われば、そこには違う物事の見方がある。学問とは帰納によって感性を超えた本質を取り出し呈示するものとのみ思っている素朴な見方が未だにあるが、ハイデガーによれば、そのような不変の学問の在り方などはない。ところで、ニーチェは「私の哲学は逆転したプラトニズムだ」（NW一八五―一八二）と語っていた。すると彼は「真なるものとは感性的なものだ」（NW一八五―一八三）と主張していたことになる。単純に受けとるなら、これは実証主義の考え方である。しかし、ニーチェの認識観が実証主義にあり、詰まるところ彼は実証主義者であったと言うものはたれもいない。なぜなら、そう結論すると、ニーチェの基本的な主張であったニヒリズムを無視することになるからである。実証主義はニヒリズムを自覚しないところに成立している。このニヒリズムという「根本的経験」(NW一九三-一八七)に照らして、ニーチェの言う「プラトニズムの逆転」を理解しなければならない。

ニーチェのニヒリズムとは、「最高の諸価値が価値を失い、あらゆる目標が無に帰し、すべての価値評価が背馳しあっている」(NW一九三-一八七)ことである。それは、ハイデガーによれば、単なる解釈ではなく、「歴史的事実、すなわち出来事である」(NW一九三-一八七)。それ故、ニヒリズムを無視することは、歴史を無視するということになる。ところで、人間の生はこの地上で、すなわち存在者のただ中で、創造的に活動することである。存在者は感性を通して人間に知られる。プラトニズムが「本来的なもの」を「超感性的なもの」として、「理想」や「本質」に価値を置くとするなら、人間は自分を存在させている生活に関わる具体的な事柄を無視することになる。これこそニヒリズムに外ならない。「生」とは感性において営まれるものだが、そこで超感性的なものが優位に立つなら、「生」そのものが否定される。そうならないためには、あらためて「プラトニズムに対して、真実に存在するものは何かと問われなければならない」(NW一九八-一九二)。その答が、「真なるものは感性的なものである」(NW一九八-一九二)となるのはいうまでもない。ここで芸術が積極的な意義を持つ。「芸術を実現することこそが問題である」(NW一九八-一九二)。というのも、「芸術は感性的なものを素材として創造する」(NW一九八-一九二)からである。――こうして真理問題と芸術とが同じ水準で捉えられるようになる。

以上は、プラトニズムと実証主義という相反する認識観を持つ考え方を参照にしながら示された。けれども、ハイデガーによれば、芸術と真理との葛藤は、そのような単純な図式への還元で終わるものではない。

古典文献学者ニーチェは、プラトニズムではなく、プラトン自身の文献に直接当たってこの問題にアプローチしていた筈である。別言すれば、プラトニズム対実証主義にニヒリズムをぶつけてみるという図式が、どの程度の意味を持っているのかが検証されなくてはならない。

そこでハイデガーは、まず芸術の概念そのものを問題にして、「われわれが狭い意味で芸術 Kunst という言葉で指示するものに対応する言葉はギリシアには全くなかった」（NW二〇二―一九六）と言う。彼によれば、Kunst に当たるギリシア語は三つあげることができる。一つはテクネー τέχνη。ある仕事に精通し、自在に操ることができるという意味。次にメレテー μελέτη。周到な配慮の意味で、これをハイデガーは「関心 Sorge」の一言で示す。そして、制作を意味するポイエーシス ποίησις。これがポエジーという語に結びついて、芸術とりわけ言語芸術を示すことになる（NW二〇三―一九六～一九七）。ギリシアにおける「芸術」を考えるときにこれらの語を心得ておかなければならない。

次にプラトンがどこで芸術と真理との関係を論じているのかを知る必要がある。まず『国家』。有名な詩人追放の論である。これについてハイデガーは注意を促す。対話篇『国家』における議論では、「プラトンは「政治的に」芸術を問題にしていて」、「したがって「理論的な」問題設定と対立する」（NW二〇三―一九七）とこれまで考えられてきた。ここで「理論的な」という意味は、美学的もしくは芸術論的という意味である。ハイデガーはまず、「政治的」という言葉を不用意に使ってはならないと言う。「ポリス」に関する事柄は、通常われわれによって想定されやすい近代国家の運営に関する事柄、つまり「政治」とは根本において違う。「ポリス」の本質は「対話そのもの」（NW二〇三―一九七）から把握されなければならない。「ポリス」の運営は「対話」によって行われていたからである。それこそが古代ギリシア政治の根底であった。対話の本質とは「論理的なものに存する」（ＮＷ二〇四－一九七）。この事態はディケー δίκη と呼ばれた。ディケーは通常「正義」と訳されるが、これもわれわれが今考えるような意味で掴まえることはできない。「ディケーは形而上学的概念なのであって、もともとは決して道徳的概念ではない」（ＮＷ二〇四－一九七）として、ハイデガーは次のように続けた。

「この語〔ディケー〕は、本質にかなった一切の存在者の秩序の諸法則という見地から存在者を名指すものである。」（ＮＷ二〇四－一九七〜一九八）

別のところでは、ディケーとは「存在者の存在が持つ秩序の諸法則」（ＮＷ二〇四－一九八）とも言われた。それに反するような議論を行なってポリスを運営すると、混乱に陥る外はない。このことからこのディケーという言葉を、われわれが今日思い描くような「正義」という語で翻訳する可能性が出てくる。そして、ここに哲学者がポリスを治める必然性も示される。「存在者の存在」について考える形而上学は哲学者の仕事だからである。それ故、いわゆる哲学者統治論はプラトンの形而上学を前提として初めて可能になる考えであり、それがなければ意味をなすものではない。ところで、「プラトンにとっては、存在は「イデア」として見えるものとなる」（ＮＷ二〇四－一九八）。イデアというギリシア語は見られた容姿という意味である。このイデアこそ存在者の存在であり、したがって「真実に存在するもの、真なるものである」（ＮＷ二〇四－一九八）。『国家』におけるプラトンはこの見地から芸術を見ていた。

彼によれば、芸術とは存在者の描写、つまり存在しているものを描くことである。とすれば、存在者の把握ということに関して、芸術はどこまで真なる認識に達しているのかという問題を立てることができる。これが『国家』における芸術論の枠組みであった。そこでプラトンが芸術による描写の特徴として示したのがミメーシス μίμησις である。芸術とはミメーシスだと言うとき、われわれはこの語に「模倣」という訳語を当てる。もちろん、ミメーシスとは「或るものを他のものに似せて呈示する、制作することを意味する」(NW二一二―二〇六)。真似るとは、だから制作することである。われわれの身の回りにある多くの道具類は制作されたものである。それぞれの道具には似たものがたくさんある。しかし、イデアとしてはそれぞれに一つである。机という道具のイデアはたった一つしかない。しかも、それは推論によって取り出されるというようなものではない。「出会われたものは、それの容姿 Aussehen において、つまりイデアの中にそれが何であるのかを示す」(NW二一三―二〇七)。そのことから、われわれはすぐに普遍的な一つのものばかりに目を向ける習慣に馴染んでいる。だが、多くの個物が一つの見られた姿において現れる、つまり一つのイデアの中で多くの個物として現れているということが重要なのであって、それこそがプラトンの発見であったとハイデガーは強調した。多くの個物がたった一つのイデアに結びつけられているという関係の認識が肝要である。そこから、イデアが個物を存在させているというプラトンの認識が出てきた。

ところで、身の回りにある道具は、制作者によって制作されたものである。では、机を作る制作者は机のイデアを制作できるのかといえば、もちろんそうではない。制作者は自分で作ることのできないイデアに目を向ける必要がある。ここには「イデアは彼に先だち、彼はイデアにしたがうという秩序が存在する」(NW二一五―二〇九)。つまり、彼はそのイデアを模倣するしかないということである。机の制作者は、自分の作ることのない机のイデアに従う。では、その机を描く画家はどうなるのか。絵の中で机を描くにすぎない。机のイデアを示すことはできるが、その机を使用することはできない。したがって、そうした絵を描くだけの芸術家は役立たずのものであり、ポリスに無用の人間である。このように考えることは存在の秩序に従うべき公共生活（ポリス）に属する。真理という見地からするなら、芸術は真理から遠く隔たっている。それは、いわば模倣の模倣だからである。「プラトンの形而上学にとっては、芸術は真理よりもはるかに下位に置かれている」（NW二三〇−二二四）。上位と下位なのだから、そこに同一平面はあり得ない。隔たりがあるだけである。そして、「隔たりは葛藤ではない」（NW二三〇−二二四）。それ故、芸術と真理との葛藤をプラトンに置いてみようとするなら、われわれは『国家』を離れなければならない。

それにしても葛藤とは何か。二つの対立したものが同一平面上にあるというだけでは、葛藤は生じない。葛藤は分裂を前提にして成り立つ。つまり、葛藤は分裂という事態を指示するが、その意味は二つ考えられるとハイデガーは言う。「一、根底においては調和でありうる分裂。二、葛藤とならざるを得ないような分裂」（NW二三三−二二七）。こうした分裂状態が芸術と真理との間になければならない。ハイデガーの手がかりとしたのは次のプラトンの言葉である。

「すべての人間の魂は、どの魂でも生まれながらにして、すでに存在者をその存在において見てきている。見たことがないとするなら、この人間という生物の中に入ってこなかったであろう。」（NW二三七−二三一）

一見して、芸術や美の問題とかけ離れていることを言っているようだが、ハイデガーによれば、美の問題は「存在者一般への人間の関係という根本的な問いの域内で論究される」（ＮＷ二三七−二三〇）。したがって、美と形而上学は結びついている。このプラトンの言葉から、われわれは三つの認識を引き出すことができる。まず、存在がすでに魂によってみられていること。ハイデガーの言うところによるなら、「秩序とは何であり、法則とは何であるか、節度とは何であり、組織とは何であるのかを心得ていないとしたら、われわれは何事をも結合して樹立することができず、何ものをも整えて保つことができないだろう」（ＮＷ二三八−二三二）。秩序や法則、節度や組織といった生活に基本の事柄を、それらがどういうものであるかについて、あらかじめわれわれは知っているはずなのである。そうでなければ生活ができない。二つ目。このように存在が魂によって見られたものだとするなら、それは感覚によっては捉えられない。だが、それは「つねに肉体に束縛されている」（ＮＷ二三八−二三二）。存在は見られるが、それは「純粋に見られることはできず、いつもただ個別的な存在者との出会いを機縁として見られるばかりである」（ＮＷ二三八−二三二）。存在は魂によって垣間見られるだけなのであり、それ故に気づかれないということもある。それを見抜くには熟練を要する。あるいは、普通の人々には「存在が隠されている」（ＮＷ二三九−二三二）と言ってみてもいい。ここから存在の忘却ということも起こる。そして最後に、プラトンがこのように語らなければならないほど、「本質的な存在の秩序が存在者の中で現れる」（ＮＷ二四一−二三四）ということは目に映りにくいのだから、それを目に見えるようなものにするものがなくてはならない。それが、プラトンによれば「美」であった。彼の考えでは、「それ[美]は身近な感性的仮象の中に自己を託しつつ、しかも同時に存在そのものの方へとわれわれを招き高める」（ＮＷ二四一−二三五）。美において存在は存在者と調和する。あるいは存在者と存在との和解が美と呼ばれる。しかし、それは同時に分裂を意味した。

真理とは存在の正しい認識を言う。それは存在が純粋な形であらわになることである。存在は人間には覆い隠されている。それを美は見せてくれる。だが、それは一瞬のものでしかない。なぜなら、プラトンにとって存在は非感性的なものだからである。したがって、その一瞬は「あくまで非感性的な輝きでしかあり得ない」(NW二四七-二四二)。芸術の領域とは、真理の側から見るなら、「非存在者」、「映像」(NW二四七-二四二)でしかない。芸術は真理と隔絶したところにとどまらざるを得ない。ここに葛藤が生じている。ニーチェのプラトニズム逆転という主張はこの地点から理解しなければならない。

われわれは、芸術と真理との格差から出発するかぎり、プラトンの図式から抜け出すことができない。非感性的な真なる世界が廃絶されて、感性的な芸術の仮象の世界がそれに取って代わるだけのことだからである。プラトニズムの逆転とは、この上下図式自体の廃絶を意味するのでなければならない。それはどういうことなのか。さらに、それはニーチェの示したヨーロッパの思想史から推して理解しなければならない。というのも、それはヨーロッパにおけるニヒリズムの逆転の歴史に外ならないからである。それは、プラトンの著作が現れて、それが解釈によってニヒリズムに転化(現実よりも観念を)し、カントが出て超感性的なものを実践理性の要請(もはや理論的に真に存在するものは人間にはつかまえられない)と考えるようになり、それは受け継がれはするが、すでにプラトニズム自体が持ちこたえられなくなって、その廃絶が求められるようになる、という歴史である。ニーチェはこの歴史の最後に超人をおいた。彼によってニヒリズムを本質とする人間が乗り越えられるとした。「真なる世界と共に、われわれは仮象の世界をも廃絶した」とニーチェが言う世界にわれわれは生きている。それは人間の時代が終わることを意味する。つけ加えておけば、「ニーチェが超人という名前で呼ぶのは、けっして奇跡的寓話的生き物、未来に現れる恐竜のようなものではなく、従来の人間を超え出て行く人間である」（NW二五九‐二五二）。

以上のようなハイデガーの議論はどのように折口の芸能論に結びつくと考えられるのか。

十七　芸術と真理――「実感」としての和解

日本の芸能は歌舞伎に行きつくが、折口の認識では「歌舞伎芝居までの演劇は、西洋人の考えている演劇とは別のもの」（ノート篇六‐九七）であった。そこに日本人の伝承してきた芸能の本質が示されている。それは古代日本人の生活に行きつく。本質は事実として示される。事実とは、生活が季節毎の神事を中心に展開されるものだということである。この文脈をそのまま受けとると、歌舞伎などの芸能は民俗学的探求の一資料になってしまい、芸術ではなくなってしまう。何度も断ってきたように、折口はヨーロッパ流の芸術概念には批判的であった。「芸術」はこの日本にはない。これは Kunst がギリシアにないとしたハイデガーと同じ認識である。そして、ここから考えてみるなら、逆に折口の方にも、芸能について、それを美的なものと考える契機が得られるということになる。果たしてそうだろうか。

ハイデガーの議論に従うと、芸術とは感性的な対象である。これを否定して芸術は存在しないので、折口にもこの契機への言及を見いだすことができる筈である。まず、彼の学問の基本である「文学の発生」という問題にこの契機が本質的に含まれている。「我々の国の文学芸術は、世界の文学芸術がそうであるように、最初から文学芸術ではなかった」（二‐一六一～一六二）という言い方にも示されるように、彼は自分が批判的に見ていた「芸術」という言葉の使用を認めなかったわけではない。文学は芸術であるという認識を彼は否定しなかった。このことが感性的契機を指示することは、次の文章から読み取ることができる。

「文学の成立は、決して内容に対する反省ではなく、形式から誘惑を感じる様になることに始まる。つまり、他の目的のために維持伝承してきた詞章から言語的快感を亨け、さうした刺戟の連続を欲する様になつて来ることを言ふのだ。実の処、今日われわれの考へる文学は、誇張して言へば、きわめて最近の発見であつた。かうした事情なのに、文学を古くから持ち、認めて居たなどゝ考へることが、既に間違ひなのだ。私は、さうした非文学が、如何にして文学になつて来るか、その過程を説明する責任を負うた訣なのだ。」（五-一八）

屈折した物言いである。文学という言葉を使っておきながら、それが「きわめて最近の発見」だと言う。この発見は自分以外のものによるということであり、輸入文学論を当てこすっている。その概念を引き取るところから議論を始めようというわけである。他の文学研究者への批判になっている。さて、この文章でわれわれの目を引くのは、まず「言語的快感」という語である。つまり、文学の本質に折口が見ようとしたのは、思想内容やその反省ではなく、感性であった。この前に「形式から誘惑を感じる」とある。「形式に」ではなく「形式から」である。形式の方から読者が誘惑されてしまう。折口が何度か言っている「文学心」（四-一九六、四-二九九など）は、読者が主体的に持っているものではなく、外部から感性によってそのかされる、その受容を指摘するものである。「誘惑」という言葉がそれを示している。ここに述べられた認識は、ハイデガーがニーチェの「陶酔」概念を説明するときの仕方と同様である。陶酔とは感情であった。そして感情とは「われわれが自分自身のもとにあって、その際同時に自分自身ではない事物のもとで、自分自身を見いだしている状態である」（NW一一六－一一六）。この文中にある事物とは、当然のことながら言葉でもあると考えて、次の折口の一文を重ねてみよう。

「語り部の職掌が認められて来ると共に、だんだん意識せられて来ることは、そのくり返す詞章に対する熟知からする、その鑑賞に似た感情の発生することである。即、詞章の様式に対して、一種の文学的な関心の持ち始めることである。」（三－一一九）

折口は、神の言葉「兕詞」を伝承する語部の存在を想定していた。これが「みこともち」の前身になるわけだが、その語部は役目として正確に（もっと言えば、機械的に）兕詞をくり返していればいいのに、そのことで「鑑賞に似た感情」を持つようになる。当人の思うところとは別に、自分の暗唱する言葉に引き込まれてしまう。それが語部以外の者にも広まってくると、宮廷の歌会も変質する。というのも「宴遊は元、一つの宗教儀礼であつたのが、一種芸術的の饗宴となつていつた」（五－六三）からである。こうして、短歌の類が芸術として認識されるようになっていく。

歴史的に見ると、文学意識が最初に明確に現れたジャンルとして、折口は自らの工夫になる「貴種流離譚」をあげた。日本文学の成立にあたって中国文学の影響は大きいが、「其以前に、もつと早くから文学的な刺激を与へたものは、世の中をさすらうて、遠くへ行く者の心、及、其に添うて出て来た、後世ならば、義理人情に絡まれたと謂ふべきどうにもならない恋物語だ。此がどんなに昔の人の心をしめつけたか、想像も出来ない程だ」(四-二九五)と折口は説明する。つまり、「心をしめつける」ほどの「陶酔」に誘うのが「貴種流離譚」であった。

以上は文学のジャンルである。同様のことは芸能についてはどうか。これについては、先ほどの「伊勢音頭恋寝刃」のお鹿の例など、歌舞伎にはいくつも見られる。但し、古代中世の芸能ではむつかしい。折口からすれば、記録に残されていないかぎりは、一度かぎりのパフォーマンスについて、主体的な契機である感情について言い立てることができないということであろう。そういう記録をことさら詮索することもしていない。「実感」がないからである。それを求めるなら、彼の民俗学の調査について触れた文章を見た方がいい。そこに「実感」に触れた文章をいくつでも見いだすことができる。このことは彼の学問の根幹に関わった。

「私の話を聞いてあなた方の心に触れる点が少しでもありますならば、それは私が空想を言っていない証拠です。」(別巻一-二五六)

こう言って憚らなかった折口の芸能史講義が面白くもない様式の細かな変遷の歴史記述になったのは当然のことと言っていい。「実感」の方は沖縄調査や花祭りの報告の前文などにいくらでも見つけることができる。そして、歌舞伎である。われわれは芸能の芸術性についての考えを、彼が自ら体験した歌舞伎や演芸についての文章に求める外はない。

ここでわれわれは、折口における芸術と真理との分裂という認識に言及していることになる。これを「新古今前後」と題された講義録を手がかりに示してみたい。最初に短歌史の基本的な注意点があげられる。短歌は律文学に入るとされるが、折口によれば、古代末期から今にいたるまで、文学という位置づけを与えられていたのは唯一この短歌というジャンルだけである。例えば、江戸時代にあれだけ盛んであった戯作など「作者自身すら、戯作者と称する」（一三-一〇）くらいで、文学とは認められなかった。ここでわれわれは、ハイデガーの想定していたのとは別の文学史に出会っている。創作の文芸で、陶酔があるといっても、それだけでは文学とは認められない、そういう文学史である。では、この文学史ではどういうものが文学と認められたのか。これが律文学を考える際の第二の注意点になる。それは、日本文学史の流れから自ずと帰結することであって、「別段、定義を与へるまでもない」（一三-一〇）として、次のように述べられている。

「つまり、学問を基礎とした所の創作品、言ひ替へれば、一種の学的規約によつて作られてゐる作品が文学だ、と思つてゐる。だから、学的基礎なしに、文学といふものは成り立たなかつた。文学である為には、学問によつて糺されて来ねばならないと考へた。」（一三-一〇）

繰り返すが、これは個人的見解ではなく、日本文学史の常識を言っているにすぎない。これを受けて、彼は次のように語った。

「だから、文学と学問とが対照的の地位にあるとは考えなかつた。其間に、調和点を見いだしてゐた。」

（一三–一一）

すなわち、芸術と真理とは「調和点」を持つ、和解するというのが日本文学の前提であった。逆に言えば、このように語る折口は、この「調和点」が（アドルノの言い方を借りるなら）「非同一性」を含むと心得ていたということである。調和は対立を他者として自己のうちに保つことによってはじめて自己を実現する。これを、彼がその鋭い学問的センスで見抜いていたというのではない。短歌の歴史に通じたものはたれでも知っていることなのである。歌合わせを見れば、このことはすぐに理解できる。学問的に折り目正しい作が評価されるとは限らず、芸術的に圧倒的に優れたものが、過去の作に対する認識不足を理由として貶されてしまうというのが和歌評価の世界であった。さらに裏を見れば、勅撰集への採否が政治的に決められてしまうこともある。こういうことが今でも和歌の世界で起こっている。これが日本の文学なのである。芸術と真理とは、政治を巻き込んで、葛藤状態にある。これをどのように見ればいいのだろうか。

十八　発生と和解――文学――

芸術と真理との葛藤というハイデガーの持ち出した問題は、両者の併存がまずなければあり得ない。併存という事態は発生論的なアプローチで初めて視界に入る。今、われわれの言うこの併存とはどのようなことか。それは二つのものが最初から同一平面に存在するということを言うのではない。あるものが存在するということは、そうでないものの存在によってはじめて現実のものとなる。それだけが存在するということは存在しないに等しい。折口の文学発生論から言うと、文学は非文学から出現するということになるが、これは、文学が出発点において抱えていた非文学的要素を振り切って純粋な文学が発生するということではない。文学とは本質を指す言葉である。その本質がある期間眠っていて、何かの刺戟があって目覚めるというような考え方はフィクションにすぎない。折口は本質を一つのものに収斂させて考えることは認めなかった。これは、彼に言わせるなら、特殊な認識を示すのではない。例えば、芭蕉の俳諧はある本質を持っている。それは俳諧の本質である。すると、それは平安時代の和歌の本質とは違うのか。そうではあるまい。文学の本質の出現の仕方が違うのであり、深い所にある本質は変わりないのだという答が、普遍的本質の擁護論者からありそうである。しかし、そうであるなら、芭蕉における文学の本質と平安時代の和歌の本質において違いはないのだから、個別の議論をすることはエピソード的な意味しかなくなる。そうなると、それはもはや文学論ではなく、抽象的な本質論を展開するだけの哲学になる。個別の存在に目を向けるのであれば、そしてそれが文学の研究であるとするなら、われわれはおのずから本質自体が変わっていくのだと認めざるを得ない。これは常識に類することであるとして、折口は次のように述べた。

「われ〳〵は、本質論にかぶれてゐて、日本文学の本質を宿命的に決めて了はうとするが、本質と考へてゐるものがいつの時代の姿を指してゐるものなのか、と言ふ平凡な考へを解消してしまふことが出来ない。」（五−三四九）

文学はあるときから非文学的なものの中に存在するようになる。もちろん、最初から両者が併存していたと考えることもできなくはないだろう。だが、それを事実として指摘することはできない。われわれにできるのは、あくまでも事後的にそれをたどって、発生の筋道を示すことでしかない。文学が発生したとは、発生した後でしか分からないのである。したがって、それは解釈によって見えるものとなったというのでもない。文学の発生は学者の勝手な思い込みによるのではない。それは事柄自体の客観的な変化として見ることのできるものである。折口によれば、「発生は、あるものを発生させるを目的としてゐるのではなく、自らひとつの傾向を保つて、唯進んで行く」（四―一八二）。したがって、文学に、勝手に民族の精神や価値という内容を持った目的をあらかじめ立てて理解するなどということはできない。古代人はこう考えていた、あるいは、そこに民族の精神が示されたなどという言い方を折口はもっとも嫌った。子供の頃に高山彦九朗の伝記を読んで、感動のあまりその墓まで行って、土の上に額を付けたというエピソードの持ち主で、「我々神職として神道に這入つてゐる者」（一九―一四九）という自己認識を公言して憚らなかった折口ではあったが、イデオロギーで神道を論ずることは強く批判した。発生とは、おのずからなるひとつの力の傾向であり、あらかじめ目的を立てて理解できるようなものではない。文学発生の後に、発生の契機となった非文学的要素が消えて、純文学的なものしか残らないとするなら、文学は目的となる。しかし、「発生の終えた後にも、おなじ原因は存していて、既に在る状態をも、相変わらず起こし、促している訣なのだ」（四―一八三）。

では、この逆、つまり発生点を掴まえることはできるのか。そこには、もしかしたら、単なる併存以上の「調和」があり、それが見えるのかも知れない。しかし、折口は「すっかり元の形に戻してしまおうとするような無謀な企てには、意味がない」（ノート篇六―一二三）とはっきり述べた。だが、これは発生点の詮索をやめることを意味しない。次のように言っている。

「嘘を作るわけではないが、すべての現象を総合して、一番正しそうな純粋な形を出してくるということである。」（ノート篇六―一二三）

当然のことながら、「いちばん正しそうな純粋な形」であるかどうかをたれが判断するのかが問題になる。こう切りかえされたら、折口は「その実感を持った者」と答えるにちがいない。ここでまた、われわれは「実感」と出会うことになる。「いちばん正しそうな純粋な形」を判断するのは、常識的には研鑽を積んだ学者である。学者の研鑽とはそのためにある。しかし、折口において研鑽というのは文献にとどまらない。それがすべてではない。民俗学の研究について彼は、そういったことより「さらに大切なことは、各々の経験であり、採集から生じる内的事実である」（ノート篇七―七二）と言う。別のところでは、「此学問で大切なのは実感だ」（一九―一九四）だと明言している。「実感」とは、ヨーロッパ流の翻訳哲学のものに比べるならずいぶんと素朴なものに見えるが、そうではない。「実感」とは超感性的なイデアなり本質なりを独立して認めないことである。「実感」の反対にはニヒリズムがある。「書物がすべての解決をつけてくれると思うている」（ノート篇五―一四二）学者に対して、「実感」をもって立ち向かわなければならない。それは一つ一つの言葉や事実に理念が現前していると見る立場である。これを単純に受けとるなら、古代に失われた「調和」が、現前する「和解」として現代に実現されるという神秘主義になる。だが、そう考えるのは「無謀な企て」だと折口は言っていた筈である。ここで、彼はデリダの言う「退引 le retrait」を自分の文脈で理解していたと言ってみることもできる。「実感」とは「内的事実」つまり当事者しか感じない「感じ」である以上、知的理解にはならず、そのまま言葉にのせることはできない。しかも、その「実感」が正しいと言えるのは、客観的な事柄自体との結びつきによっている。この語が意味するのは、現前（実感）における不在（言葉にならない）であり、不在における現前である。「実感」は、芸術と真理（学問）との和解を実現するための魔法の杖などではない。しかし、和解は追求さるべきである。芸術と真理との調和、その葛藤の克服においてこそ、われわれの存在の真理が示されるからである。折口はこう言っていた。

「一時的のものより、ゆつくり〳〵考へて、何時までも変わらないものを見つけて行かなければならないのです。永久の事が大切なのであります。」（別巻一―一七四）

こういう文章を見ると、不変の本質に関する議論になれた身としては、どうしても「一時的のもの」（現象）とか「永久のこと」（本質）という言葉に目がいってしまうのだが、「ゆつくり〳〵考へて」という言い方に目をとめるべきであろう。たちどころに真理を得る方法というのは、古代に失われて久しい。芸術と真理との対立は、失われた調和を前提として、その葛藤を引き受けることにおいて意義を持ってきた。葛藤がなくなれば、調和もなくなり、芸術も真理もなくなるということである。葛藤は存在しなければならないし、実際、そこにおいてこそ芸術と真理との追究の意味があったのである。

十九　発生と和解――芸能――

折口においてもハイデガーにおいても、祭りは和解の場所であった。祭りの本質とは人間が神を迎えることである。人間はそこで神と交わり、その言葉を聞く。そこから歴史が始まる。折口によれば、その言葉が文学の発生につながっていく。一方、ハイデガーにとって祭りとはヘルダーリンによって導かれた存在の本質開示の場所である。そこで示される存在の真理がハイデガーの関心事であった。それを見届けることが祭りの意味であった。しかし、それで祭りの意味がつきる。だが、折口にとってはそうではなかった。そこから先があった。祭りに対する学問的関心は、存在一般の本質というよりも、彼の個人的経験に結びついた。なぜ私は賤しい歌舞伎に心を奪われるのか。これは彼の人生の根本問題であり、生活の問題であった。ハイデガーなら、芸能につながる祭りに存在の真理が立ちあらわれる過程を追い、そこに人間の尊厳を見て、本来的なものを保つという理想を謳えば、それですんだ。折口はそうではない。人間の尊厳を否定しようというのではない。正しい生き方という問題が、彼には常にあったことは戦後の神道宗教化論が如実に物語っている。彼の関心は、普通に考えられているのとは違った、もっと別の生き方があるということの探求にある。折口の貴種流離譚という発想に、そのことの一端が具体的に示されている。彼は次のように述べていた。

「つまり、我々のやうな、ごく平凡な人間と、特別に選ばれた人間の姿といふものが別にある。」（一五-三三〇）

こういう物言いに差別問題を見ようとするなら苦笑する外はないが、人間というものを等しいものとして見てしまうと、何か根本的な誤解をしてしまうという認識が折口にはあった。貴種流離譚は、貴種ではない人間の存在によってはじめて意味を持ってくるようになる、そのような概念である。人間の上下の区別の存在とその意味とが正確に理解されなければならない。ここに示されているのは芸術（文学）と芸能の区別である。そして、折口はこの区別について、客観的と称して中間的な位置にいることを忌避した。こう言っている。

「世の中には、雲のやうにたなびいてゐる人たちと、我々みたいに地べたに喰らいついてゐる人間と、かう二通りあつたのです。」（一五-三三〇）

折口は謙遜や卑下で「我々みたいに」と言っているのではない。この認識は、強者と弱者とを対立させたニーチェの「ルサンチマン」の発想をもって考えるといいだろう。実際、彼の言うところによるなら「雲のやうにたなびいてゐる人」とは、「どんなことをしても、其人のすることは正しく、美しくつて、清らかだと認められる人たち」（一五-三三〇）、すなわちニーチェの言う強者である。一方、「我々みたい」な人間は、弱者であって、「其行為に対して当然の評価を受けなければならない」（一五-三二〇）。神々の言葉「咒詞」から文学は発生したが、それは高貴な人々の居る宮廷のものとなって行く。これに対して、折口が「伝承文学」と呼んだもう一つの文学がある。

「伝承せられる文学といふものは、結局、一つの芸能と、私等の側では申して居ますが、只今申す演芸といふものに、略当ります。」（二一-九二）

折口は、それが「純粋の文学ではなく」、「さうして演芸的な分子が多い」（二一-九二）ということを強調した。これは強者の本来の文学とはならない。所詮、演芸だからである。だが、地位は低いながらも（小さな）神々につらなるものであってみれば、文学のジャンルに組み入れられるものであることは間違いない。本質論しか展開しなかったハイデガーに見えていなかったものがこの系譜であった。そしてこれは、存在の真理という問題ではなく、芸術の側から本来的なものを見ていこうとしたアドルノ（こういう言い方に抵抗を感じる向きはあるだろうが）には触れざるを得なかった非芸術的な契機である。とはいえ、全く見えていなかったと非難するつもりはない。思惟を見定めようとするハイデガーの本質的な議論は、まさに本質論である限りにおいて、この系譜を排除する論理は見あたらない。ナンシーが批判的に語っていたデスマスクの問題が、それを示唆しているとわれわれは考えている。いずれにしてもハイデガーは、古代ギリシアの祭式の事柄にまで触れておきながら、ついに具体的にそこに入りこむということはなかった。それが哲学であると言ってしまえば、それまでのことではあるが。

ともあれ、ここでわれわれは、ハイデガー哲学との対応で得られた哲学的な観点から、折口にとっての歌舞伎の意味を問い詰めるところまではたどり着いたように思われる。原点があの大道芸の光景にあることを再確認しておこう。そこには「陶酔」があった。「陶酔」とは感情であるから、それが芸能の発生点にある神事だという認識はない。「神が祭りに降つて来て、宗教的な所作を行ふ」（二一-二一七）というのが原点であり、そのときに「其所作を繰り返す」芸人は、「神になつてゐるつもりである」（二一-二一七）。しかし、「其が芸能化するほど、神といふ感覚を落として、型どほりの芸をしてゐるといふ心になつて来る」（二一-二一七）のである。これで、神事であるという認識が失われてしまったのかといえば、そうではない。芸能が「陶酔」の場であるという意識は消えていくことはない。というよりも、そこであらわになる存在の真理については、無意識の中に保存されている。あの大道芸の光景を読んで、何かある大切なことが告知されているという具合にわれわれが感じたとするなら、その意味は容易に見えるものとなる。それは芸人たちの姿の中に客観的に保存されたのである。

祭りは休日のものであり、それはやがては終わる。芸人は次の祭りを求めて旅に出る。自由な通行の許されなかった昔の日本において、彼らは通行ができた。それは「日本では、旅人は神の性質を持つてゐた」（二一-二三四）ことに関係がある。彼らの芸によって「調和」がひととき実現される。「調和」は「中間のもの」にしか可能ではない。彼らは神であったから、したがって普通の人間とは認められなかった。普通の人間は、高級な存在、強者のしるしを身につけることが可能とされたが、彼らはそうではなかった。彼らはさまざまに呼ばれ、その呼称について折口はいくつも文章を書いているが、そのひとつに「ほかひ」がある。折口はこれに「巡游神人」という美しい呼び名も使ったが、一般にはそれは「門付け芸人」を意味した。彼らは辻で芸を披露してやっと日銭を稼いで生きている「乞食」にしか見えない。芸術と真理との和解は、こうした人間によってもたらされる。

彼らは「ならず者」であり、あるいは「河原乞食」であって、庶民ですらなかった。そのような彼らが、「ことほぎ」（和解）をする資格をもつ。したがって、日本の歴史においては、芸術と真理との「和解」は、社会の外で生きている人間に託された。これを内部に引き入れたら、社会は崩壊する。ならず者が市民権を得るような社会はありえない。折口が芸能を引き受けた、その卑しさを引き受けなければならないと考えていたとわれわれが言うのは、ここに理由がある。それは「芸術」理論では解くことができない。あるいは、芸能がヨーロッパ流の「芸術」になってしまったら、それは神々の否定につながって、和解をもたらす者が存在しなくなり、つまりは自己の存在の否定に等しいものとなる。ソクラテス以降のヨーロッパにおいては、和解は人間の努力に付託され、芸術が「葛藤」として社会の中に存在するようになった。しかし、日本の芸能は、古代の昔から今も変わらず、「和解」として社会の外から到来するものとなっている。それはこの土地に住む人間に存在の真理を垣間見せて、去っていく。真理は外部に存在する。外部から聖なるものが芸としてもたらされたときに真理がわれわれを捉える。

流離う神々は時代が下るにつれて、さまざまにその姿を変えていった。能のように、偶然の事情から芸の洗練を追求する立場におかれてしまい、芸能から芸術へと方向を変えていくような芸能があった。しかし、あくまで祭りの空間の中に身を置いて、当初のかたちを保持するものもあった。それが歌舞伎であり、演芸であった。ここで逆説が起こる。その精神においてもっとも本来的なものが、その本来性ゆえに、非本来的なものに見られてしまうという逆説である。なぜなら、その本来的なものは、本来性を喪失した時代の中で生きざるをえなくなったからである。こうして、本来的なものが、もっとも非本来的なものの中に告知されることになる。芸能の真理とは、形象にならない本来的なものが形象をもつということである。それは真理であるから、人々が従うべきものである。しかし、その形象を伝える者は、この国においては、社会的にもっとも真理に遠い者とされた。このことが機会を得て人一倍するどい感受性を持った人間をとらえるということもある。こうしてわれわれは、道頓堀の芝居小屋で、楽屋口から入って舞台袖からじっと役者の貌を見つめる少年、折口信夫に出会うことになるのである。

了

（註１）拙論「形而上学批判としての折口学」専修大学人文科学研究所月報一六三号（一九九五年）参照。

（註２）補論「「言語情調論」をめぐって」参照。

（註３）拙論「折口信夫の「まれびと」論と「近代批判」」専修大学社会科学年報二七号（一九九二年）参照。

補論　「言語情調論」をめぐって

――折口信夫とハイデガー――

一　はじめに

一九一〇年（明治四三年）、折口信夫は國學院大學国文科を卒業するにあたって「言語情調論」と題する卒業論文を提出した。内容は表題にある通り、言語論である。これ以降、折口はこの論文に見られるような一般的な形で言語を論ずることはなかった。このことから、「言語情調論」は彼の試行錯誤の一つと受け取ることができる。あるいはもっと積極的に、当時最新のヨーロッパの学問の成果を取り入れて、研究者としての存在をアピールするためのものと受けとることもできる。この時期の折口は、研究者として自立できるのか、アカデミズムの中に居つづけることができるのか、あるいは在野の詩人学者として終わるのかということはまったく分からない状況にあったと言っていい。だが、彼がすでに自分の専門についてはある見通しを持った研究者であったということは疑いない。

卒業論文執筆の十年前の明治三二年、折口は大阪天王寺中学に入り、そこで和歌に熱中し、新体詩に親しんだ。中学五年の頃には『国歌大観』を読破し、和歌史に関して的確な判断を示して人を驚かせたというエピソードはよく知られている。単純に見れば、この延長上に卒業論文も書かれるべきであった。しかし折口の書いたものは、和歌の問題に結びつけられているとはいえ、言語の一般的な本質に関わる議論を展開したものであった。そうなったのは、当時彼の関心が国文法・国語学に向いていたからである。その方面の研究者として立つことを彼は望んでいたのかもしれない。彼が大学時代に親炙していた三矢重松は文法学者にして国学者、もう一人の金沢庄三郎は言語学者であった。折口が柳田国男の民俗学に出会うのは大学卒業後のことだが、これ以後の彼の仕事についてはよく知られているとおりである。結果的に、折口が「言語情調論」で示したような言語の一般的理論的研究はとぎれてしまった。むしろ彼は、この卒業論文で手がかりとしたヨーロッパの言語理論の手法を批判するようになる。したがってこの論文は折口の仕事の中で非常に特異な位置を占めた。では、なぜ折口は後に批判するようなスタイルで言語の本質を論じたのか。これから見るように、実は卒業論文執筆の時点で、彼はヨーロッパ流の本質論的手法には批判的であった（もちろん、彼が知り得た範囲内で、だが）。この意味では、「言語情緒論」も後の仕事と大きく矛盾するところはないと言うことはできる。しかし、われわれの見るところでは、この論文はもっと本質的な意味で折口の学問に関わるものであり、後の仕事も総体としてここに還元されて考察される意味のあるものである（もちろん、それが本当の意味で示されるのは、一通り彼の仕事の全体を把握したあとのことだろうが）。

折口の業績はその独特の概念によって知られた。折口学を知ることは「まれびと」や「天皇霊」あるいは「貴種流離譚」について理解することである。しかしながら、多くの場合その用語に関する議論は実証問題に行きついて終わってしまう。いうまでもなく実証を抜きに学問は成立しない。折口の場合では、研究者はその独自の概念を自分なりの角度から実証的に検証することに努力を傾けることになる。その結果は、「まれびと」や「天皇霊」が文献的に検証できるかどうかという議論となる。だが、実証は必要条件であっても十分条件ではない。折口の学問が成立するためにはそれらの概念が必要であったが、なぜそうなのか。われわれの基本的関心は、ひとまず折口の仕事を閉じたものとして、その思想的な意味を探るところにある。これは結局、折口学成立の論理的根拠を探ることになるだろう。

それにしても「言語情緒論」を論ずるというのはなかなか厄介なことである。

まず言っておかなければならないのは、「言語情緒論」が完成された著作ではないということである。未完なので、その限りでこれは一つの試論と見るべきであろう。卒業論文としては質量ともに今日の眼から見ても十分に評価できると思われるが、それが学問的な評価に耐えられるものであるのか、ということについては異論が十分に予想できる。議論の運び、例示の仕方などいかにも若書きにふさわしい筆の運びが見られて、それを人によっては「稚拙」と言うかもしれない。したがってこれはやはり折口の学問の原点ではあっても、まだ助走をはじめたばかりのもので、学問的には考察するには無理があるという判断が出てきて不思議はない。また、「原点」というなら、それ以前の『国歌大観』の読破、あるいはもっと以前にはじまった芝居小屋通いをあげるべきかもしれない。しかし、理論としての折口学を考えるなら、この「言語情調論」は決定的な意味を持つというのがわれわれの判断である。なぜなら、そこで模索されていたのは彼の学問の形式というべきものであったからである。折口は自分の仕事についてよく「私の学問」という言い方をしたが、学問は内容だけで成立するものではない。方法、つまり形式が必要である。もっとも、こうした考え方こそ後年の折口が、理に走りすぎる西洋流のやり方だとして批判することになるものではある。しかし、これはそのまま自己批判であり得るということにわれわれはもっと留意すべきであろう。

もう一つ、「言語情調論」に具体的に入る前に強調しておかなければならないのは、先にも述べたように、これが折口の仕事の中できわめて特異なものであることから帰結する点である。つまり、この論文で分からないところがあるといっても、他の著作に助けを求めるわけにいかないのである。これは、直接に参照できるものはまったくと言っていいほど存在しない、それほど孤立した著作なのである。後半部の和歌に関する詳細な分析なら、参照できるものはいくらでもありそうに見えるが、今回のわれわれの目的から見て、それに依拠するのは本筋のことではない。こうした理由によって、われわれなりの準拠枠をここに設けることにした。それがハイデガーの哲学である。

それにしても、なぜハイデガーなのか、他の哲学者の著作ではないのか。これについて答えるのが、この論文の意図でもある。まずは事柄の中に入ってみなくてはならない。

二　言語と情調

「言語は、声音形式の媒介による人類の観念表出運動の一方面である。」（一二-四一）

「言語情調論」冒頭の文章である。これがまずわれわれの目を引く。言語の一般的説明では、その伝達に関わる側面が強調されるが、そうしてはいないからである。手元にある一般的な事典（平凡社大百科事典）で「言語」をひいてみると、冒頭に「人間の意思の伝達の手段で、その実質は音を用いた記号体系である」と記述されている。言語はコミュニケーションの道具であるというのが通念であると言っていいが、折口は「観念表出」の方に注目した。彼の関心は文学にあったのだから、当然と言っていいかもしれないが、それならここで論じられるのは芸術表現としての言語（詩的言語）の本質であると断ればすむ。そうしていないのは、日常的なコミュニケーションにおいて使用される言語と詩的言語との間に積極的な区別を設けようとしていないからである。ところで、「表出」には表出するものとされるものとがある。そこにある断絶を折口は「媒介」という言い方で強調した。冒頭の文章に続けて次のように言われる。

「更に言へば、言語表象の完成は、声音の輻射作用によつて、観念界に仮称を映し出すことによつて得られるので、その二次的なることはますます明らかである。」（一二-四一）

言語はある観念が音によって示されることであり、その意味で間接的なものだが、それは効果としてその観念を聞いている者の「観念界」に映し出される。この二重の間接性が問題になる。これは記号としての言語に必然的にもたらされる事態である。折口は、「畢竟言語の百般の事象に対する関係は、一つの附号に過ぎないのである」（一二-一〇）と述べた。では、その「附号」はどのように意味を可能にしているのか。言語学的な議論では、そのようになっていくはずである。ここからさまざまな「附号」の意味産出に関する議論が行われる。ところが折口は、言語記号が記号であるということから当然帰結する表現の間接性ということを強調した。

言語はある観念が音によって示されることであり、その意味で間接的なものだが、それは効果として、その観念を聴いている人の「観念界」に映し出されることになる。この二重の間接性（断絶）が問題だと折口は考えた。何故このような分かり切ったことを強調するのかと言えば、言語を指示という記号的側面で理解されると詩的言語が理解できないという理由によると思われる。「山路来て何やらゆかしすみれ草」とか「此道や行人なしに秋の暮」といった作品が芸術作品の資格を有するということを、言語の指示関係から理解することはまったく不可能である。芭蕉の句を芸術作品たらしめているのは叙景されている事実以外のところにある。事実の報告では芸術作品になるはずがない。折口はこの詩的言語の問題を言語の本質の問題として考えようというのである。手がかりは聞き手の存在であった。

「一体言語には、必、あひての予定がある。」(一二–四二)

折口は当たり前のことを言っているように見える。しかし、折口はここでいわゆるメッセージの送り手と受け手の関係について議論しようというのではない。つまり、コミュニケーションにおいてやりとりされている言葉が、それによって〈指示されている事柄〉を正確に伝達することができるのか、ということは問題ではない。「あひて」と話し手の関係の非対称性が問題なのである。言語は「あひての主観に俟つところの多い」(一二–四二)ものだと折口は言う。「あひて」がいなければ「我等の言語は竟にただ空気やエイテルの振動とよりほかに感ぜられやうがない」(一二–四二)。言語は、それを聴く人間によって言語となる。これが「言語情調論」で展開される言語論の独特のスタンスである。話者自身においても記号による表現の間接性は存在すると認めていても、たとえば話が飛ぶかもしれないが、フッサールが考察していたような「内的独白」についての考察をおこなうという考えは彼にはない。その意味で折口は徹底的に「声音」ということにこだわった。しかし、まず問題は記号(「附号」)としての言語が持つ「間接性」である。この「間接性」を取り払う努力をこれまで人間はし続けてきた。

「われらは言語表象の間接性を有して居ることの不便なるがために、これに直接性を付与せむとして、自然的に人為的に行われてきた努力を求めることができる。」（一二―四六）

記号は指示的なものなので、話者の内部においてもそれは成立しているはずだと今述べたが、折口はそれは無視して、聞き手の内部における間接性の克服ということに的を絞る。その理由を彼はことさら述べているわけではないが、われわれの見るところでは、聞き手が純粋に「声音」としての言語を経験するという理由によると思われる。「内的独白」の場合、記号によって表現されようとする事柄と記号としての言語の両方を見通すことができる。しかし、聞き手はそうではない。彼は純粋に声音としての言語を聞き取るのみで、それに対応する事柄についての経験はない。しかし、それでもなお、われわれは「あひて」の言おうとすることを単なる「メッセージ」以上のものとして受け取ることができるし、事実、そうしている。「あひて」の言葉に単なる情報以上の、たとえば「悲しみ」や「喜び」を感じてしまう。われわれが何事かを相手に伝えるにあたって、客観的な伝達内容だけではなく、自分の主観的な気持ちを伝えたいと思うが、それが意図しなくても伝わってしまうこともある。「夕食！」という一語文を発して希望を述べるとき、その言葉には一日の仕事の疲れや、それを終えたことへの安堵が込められているだろう。それを聞く者は、意図しないでそういうニュアンスを受け取る。こういうことが話し手の思い入れとか聴き手の解釈などではなく、言語伝達の一種のメカニズムとして働いているものだと折口は考えた。

「仮象性を脱し、実感の不足を補ふために、これに直覚性と普遍性とを授けなければならぬ」（一二―四七）が、授けるのは主観ではない。それは言語の客観的な働きによる。折口によれば、すでに言語においては

「自然的に或いは人為的に」（一二-四七）三つの勢力が働いている。「類化作用」、「表号作用」、「音覚情緒」の三つである。

「類化作用」とは、「経験によつて組み立てられた言語概念が一部の観念乃至形式の断片を聴いても、直にその言語概念を感覚することのできる作用」（一二-四七）である。つまり、一言「アッ」と言っても、それを単に物理的な音響としてではなく、有意味な言語として相手が受け取ってしまうことである。折口は「この作用の基礎をなして居るものは経験より来た予期の精神活動」（一二-四七）であるとその理由を説明する。音声を聞くとき、われわれは単に感覚的に音を聞いているのではなく、自分の経験の全体に照らし合わせてその意味を聞き取ろうとする。「表号作用」というのは、複雑きわまりない心的事態を、抽象的な語として表現して、それで相手が納得してしまうことである。「さやけき川・くるしき思ひなどといふ語における形容詞、更にいへば、すべての抽象語の如きは、仮象を移すにはあまりに複雑すぎ、またうつす必要のないところから、仮象を離れてきわめて直感的表号的の言語となつて居る」（一二-四八）。逆に言えば、抽象的な語の存在、つまり現実の物体として指示されるものを持たない言語があるというのは、それが心的な内容を直接に指示するものだということである。最後にあげられている「音覚情緒」とは、この論文の主題である「言語情調」のことである。ここで意味作用にのみ還元できない言語の側面が強調されている。

「もし言語が意味だけを述べてこの音覚情緒を有せないものとすれば、人ははなしての意志を知ることはできても感情を感受することはおぼつかない。」（一二-四七）

ここで「感情」と言われているのは、心理的なものにとどまるものではない。「言語文章の意味はわかつても、内容の全部を納得することは出来ぬ」（二二-四八）と折口は言う。「内容の全部」とは意味にも感情にも還元しきれないものがあるということを示唆している。「類化作用」に見られたように、「言語としての意味の意識のない場合にも、これが感情傾向を直覚することは困難ではない」（二二-四九）。一見して、今日の社会心理学者たちが affect、emotion そして mood という用語で理解しようとしている事柄に似ていなくもない。後で見るように、折口自身も、実証的な科学的心理学の探究方法こそ求めるところであるという発言もしている。あるいはまた、リゾラッティのグループが発見した「ミラー・ニューロン」による神経細胞レベルでの共感現象に関わるものと見られなくもない。しかし、折口は言語にともなう「感情」と呼ばれるものを言語の本質に関わることとしてあくまでも言語の側面から探求する。今の引用で言えば、「内容の全部」とか「感情傾向」という言い方に彼が託しているものは、言語における感情の伝達という側面が単に心理的なものと解されてはならないということである。

折口は、これまで述べてきたところから理解されるように、言語を単なる記号と見なすような素朴な立場とは端から無縁であった。心とは言葉であり、言語とは精神であるという認識を持っていた。それはこの論文の冒頭にある「観念表出運動」という言い方が端的に示すところである。しかし、今日の言語論的な観点から当然のように立てられるであろう指示的意味と表現的意味の区別から発して、そもそも意味をどのように捉えるのかという原理的な考察を展開するということはしていない。なぜかと言えば、折口にとっては、どのように指示的なものに見えようとも、言語記号には今述べているような作用がつきまとうものだと考えられたからである。物の名前や地名は指示的機能においてもっぱら成立すると考えられるが、それにもここで今論じられているような作用がともなっている。指示と表現とは分離できないほどに絡み合っている。この淵源にはおそらく「言霊論」があると思われるが、それについて折口は言及はしても詳論はしていない。

折口は「ききて」の立場にこだわった。はじめに見ておいたように、言語表現の間接性は話し手にも存在するが、二重の間接性（断絶）は聴き手にのみ生じる事柄である。言語コミュニケーションの一般的な考察において、聴き手が無視されるということはあり得ない。まさにコミュニケーションである限りにおいて、言語は話し手と聞き手によって担われる。問題はそこにある非対称性であった。成功したコミュニケーションをモデルとして考察がなされてはならない。成功した限りにおいて、聞き手と話し手の区別は意味をなさなくなる。折口は、言語が聞き取られる際に、どのようなことが聞く主体に起こっているのかを問題にした。そのモデルには〈もどかしさ〉の経験が含まれるかもしれない。しかし、〈もどかしさ〉は話し手と聞き手の両方に起こりえる。言語コミュニケーションの非対称が典型的に見られるのは芸術作品の鑑賞においてである。彼の研究対象は過去において語られた言葉であった。それは話し手が眼前にいない世界である。言語の本質への問いは、芸術作品の本質への問いに通じていた。

日常的コミュニケーションにおいて問題になるのは伝達される意味内容である。言語学は、その次元において理論を組み立てるが、折口はそうしなかった。言語の本質という問題は、そういう場面とは表面上結びつくことのないところにおいて明らかになるものだということである。「大抵の言語表象は、概念の中の個々の具象的観念の表象できわめて差別的のものである」（一二-五六）と彼は述べる。言語の意味は差異（「差別的」）において成立するというわけだが、それだけに、その分析もまた知的なもので終わってしまうことを折口は警戒した。言語は単に知的な分析で尽きるものではない。知的なものは感性的なものに対応するが、そこにも言語本質に至る道があるのではないか。われわれの体験が知的なものに還元されるなら、感情は抜けおちる。間接的である「言語表象」にともなう感情は、主体にとって直接的なものである。それが聴き手の思いこみによる勝手な感情の惹起ではないとするなら、間接的であるはずの言語表現に、コミュニケーションの直接的な側面がなければならない。折口は次のように言う。

「然らば言語がその根本においても道筋においても、常に纏綿せられて居る間接性を如何にして取り去つて直接性を帯びしめることが出来るか、またさういふ努力が言語の上に行われた痕が見へるかどうか、言語情緒論はまず直感的言語の可能性ならびに存在の有無よりはじめなければならぬ。」（一二-五六）

折口は、ある観念を直接に表象する理想的な言語が存在するという神秘を主張しているのではない。言語が伝達しているのは、分析可能な知的な意味だけではなくて、その言語の存在に対応する話者の観念の全体だと言っている。その全体に感情が抜けるわけがない。感情は知的なものに還元できない。そこに「感情からはいる言語の必要」が認められる。たとえば、感嘆詞はまぎれもなく言語であるが、それは文脈の中でしか意味を特定できない。それ自身としてみれば「その内容は極めて多く、しかも融合統一せられて居るために、意味曖昧あるいは無意味の域に至つて居るものが多い」（一二-五六）。あるいは、一般的に見ても、「意味の意識が失はれたときには、その外延は広がって包括的になる」（一二-五六）。流行語が一般的に使用されはじめるようなときに、そういうことが起こる。このような言語の動向が、単に相対的で終わることのない言語表現の絶対性・直接性への志向をあらわしていると折口は見た。「言語情調論」は言語的意味の曖昧さに目を向けようとするが、それは、言語それ自身に肉薄しようとするときにはどうしても目についてしまうものだからである。言語コミュニケーションは与えられた状況下での行為の文脈に支えられるものである。また、言語それ自体は体系的なものとして無限の意味を引き連れて存在する。しかし、言語はたれかによって語られる。その際言語は話者の観念の全体の文脈の中に置かれる。折口が「包括」と呼んだのはそういう事態である。この「包括」から言語の象徴性が引き出されると折口は考えた。

「包括が一歩進めば仮絶対の境地にはいる。仮絶対のものはその外延が発展したために、その内包が勢い融通性を持つた漠然たるものとなる。ここに曖昧という境地が開かれる。俳諧師惟然坊の句に、「梅の花あかいはあかいはあかいはな」といふのがある。この句の内容を検査して見ると、その心的状態の説明に困難である（曖昧）。吾等はこの文の判断の中心を捉へることにやや困難である（無意義に近づく）。而してその中に暗示を認めて、ほとんど無意義に近い句の内容から一道の感情傾向を認めることができる（暗示）。ここに至るにはこの文の音覚情緒が与つて力あることを認めなければならぬ。」（一二‐五七）

このように言って、彼は次のように図示する。

「言語内容 { 差別的
　　　　　　↑
　　　　　 包括的 → 仮絶対 → 曖昧 → 無意義 → 暗示的 → 象徴的」（一二‐五七）

言語論的に言ってみると、言語記号はその内容的側面から見ると自ずから象徴的表現にいたるものだということになる。これを折口は、渾名という日常的な例を持ってきて説明した。

「たとへばある人の口が鰐のように大きくあつたがために鰐と名づけられた渾名が、遂にはその人の人格形態全部を蔽うに至る如きは、しばしば見受ける。すなわち意味の意識を失われた鰐といふ言語の情緒発射作用によつて、人格形態ことごとく鰐なりといふ観念の聯合を起こしたので、これ渾名が仮絶対を得るに至つた訣である。」（一二―五八）

いかにも素人くさい言い方になっているが、渾名は今日の言語学の議論の枠組みで言えば「換喩」の問題であろう。言葉を表現的機能の方から考えようという基本的認識からすれば、折口が喩の問題を避けて通るということはできなかった。この場合では、たとえばヤコブソンの考えで説明すれば次のようになるだろう。われわれは単に機械的に一対一で語られるものと語る語とを結びつけてコミュニケーションしているわけではない。そこには適切と思われる語の「選択」と、選ばれた言葉が、統語法によって他のものと結びつけられる「結合」とが存在する。「鰐」という語が選択されたのは「似ている」からだが、それはある部分が他を代表するという「換喩」の機能を持つようになったので「渾名」が成立した。これをさらに展開していくなら「修辞法」という古典的問題に突きあたるだろうし、そこから言語論一般へとつながっていくことになるだろう。しかし、文学研究者折口信夫はこの論文でそういう展開をしていない。「渾名」という言語の表現的機能の方にもっぱら目を向けたこの文学研究者は、次に宗教的言語の表現的機能に注目した。

折口は「清水観音の詠」として「ただたのめしめぢが原のさしもぐさわれ世のなかにあらむかぎりは」という和歌を持ち出す。作中の「われ」とは清水観音だということになるが、もちろんそれはありえない。しかし、この和歌をそのまま信ずる人間もいるのである。言語論的に捉えるならば、これは象徴言語としてしか理解できない。このような「神仏託宣」の和歌で用いられる言語が指示するのは形而上学的なものであり、それに知的な分析を加えても無意味（「無意義」）という結論しか得られない。つまり、その言語が指示するものは客観的に存在しない。しかし、折口が「託宣とはいふものの、畢竟示現を蒙る人の主観的事実なのである」（一二‐六五）と言うとき、彼の目が向けられているのは、その表現の働きである。神仏に関する形而上的な表現が主観的なものだから、「神仏託宣」の言葉が余人にははかりがたい、意味の欠いたものだということを彼は述べているのではない。先の図式で見ると、矢印を逆にたどっていけば、言語表現はすべて「差別的」な意味の明示できるものと見なすことができる。これが重要だと折口は考えている。彼は、「言語には、必、意味があるといふ経験的観念から出た、如何なる語（文）に対してもその意味を知らうとする先天的努力の形を変へたものと見らるる聯想作用」（一二‐六七）が人間にはあると強調する。〈霊魂〉という言葉には、それに対応するものが存在する。実際にあるかどうかということは問題にならない。それは「主観的事実」なのだから。

ここでわれわれは視点をはっきりと逆転させてかからねばならない。私が言語を使用しているというのではなく、言語が私に、それに対応するものを求めさせているのである。私の意志を私が言葉によって伝えるというのではなく、私の思想が言葉によって存在を得て、その言葉が相手にその存在を与えるというのでなければならない。この限りで、言語が相対的に私の観念を伝えるものだという理解は不十分なものである。

むしろ、言語記号はそれ自身において存在しており、そこに私の意志が託されると言うべきである。したがって折口はここまで議論を進める前にすでに次のように語っていたわけである。

「大抵の言語表象は、概念の中の個々の具象的観念の表象で極めて差別的のものである。知性に訴ふるにはそれも必要であらうが、感性からはひる言語の必要がある以上は、尠くとも一概念の中のすべての観念を包括して居る言語の存在すべき理由がある。包括はすなはち一切の網羅である。絶対にいたらんとする努力である。絶対に達すれば何の洩るるものがあらうぞ。」（一二-五六）

この一文に示されているのは、言語論というよりは、意味の根源を問う言語哲学的な意図である。人間は「絶対」を得ることができない。だが、言語には原理的にそこにいたらんとする傾向がある。しかもそれは囲い込まれた芸術言語においてはじめて見えてくるようなものなのではなく、日常のコミュニケーションで道具として使われているように見える言葉においてその一端が見えているものである。問われているのは、言語が感情を伝えるのかどうか、与えられた文脈の中で言語の意味がどのように確定されていくのかではない。言語の存在とわれわれの存在とがどのように関わっているのかということなのである。この理解にまで立ちいたれば、ハイデガーの哲学を参照するという試みはそれなりの根拠を得ることになるように思われる。そこに入る前にもう一つ確認しておきたい。

三　言語の優位

これまで述べた議論を受けて、「言語情調論」は「第一編　言語情緒総説」のはじめに言語情緒に関する「本質論」を展開する。最初に言及されるのは「感情」である。「人間は活物であるから感情がある。意志の表出をすると共に、感情の表現もまた一つの要求である」（一二-六九）からである。しかし、ここで折口の言う「感情」とは単純に心理的なものではない。あるいはまた、「あはれ」とか「かなし」という感情を指示する言葉があるということとも関係がない。「言語が描写性をもつて居ると共に、気分性を持つて居るといふこと」（一二-五七）が問われている。重要なのは、この「気分性」つまり「情調」が聴き手において問題になるような事柄だということである。

「言語情調はもともときゝての意識界にあることで、はなしての側に起こつた直接情調が、言語形式を通じてきゝての側に再生したものである。」（一二-七〇）

折口のいう「言語情調」とは言語一般に付随するものではない。それは言語が語られるということのうちにある。それはあくまでも「ききて」のうちに認められるもので、「はなして」の方にあるのはそれに対応する「直接情調」である。「言語情調」はもっぱら聴き手に属する。折口は次のように続ける。

「言語情調の意識の所在は主観にあるけれど、これを規定するものは客観である。」（一二-七〇）

「ききて」の側に生じる「言語情調」は、感情であるかぎり、主観的なものには違いないが、勝手に感じられるものではない。語られる言葉によって「はなして」からもたらされたものであるから、客観的なものである。そうでなければ「はなしての感情は、毫も聴き手には伝へられず、ききて自身の言語情調ばかりとなる」（一二-七〇）。「言語情調」が客観的な性格を有するということは、主観的な思いこみを脱して学問的なアプローチが可能になるということでもある。

「言語によつてひきおこされた主観は、客観の普遍的規程を俟つて個人的感情を脱して科学的準拠に上る。」（一二-七〇）

こういう折口の文章でわれわれの目をひくのは、まず「科学的準拠」である。この言葉で彼が何を考えていたかは、数頁後の彼自身の言葉で理解できる。

「言語情調論はまだ研究こそ浅けれ、他日これが一科学として（言語心理学の一分科としてでも）立つ機会があるならば、単に説明科学のみならず、標準科学たる実をも備ふるに到るべきである」（一二-七五）

彼自身の試みとしてはこれは夢想に終わったわけだが、ここで考えてみたいのは「科学」という言葉に彼が託したものである。単純に見れば、「科学」とここで言われているのは実験的実証的なものと解すべきであろう。しかし、これを広く受け取ってみるとどうか。それはまず「言語情調」というものが単なる主観的な解釈の対象ではないということである。それは事柄として学問的探求に耐えうるものであり、それなりの方法を必要とするものだという認識がここで述べられている。それが「標準科学」であるべきだというのであるから、われわれに言わせれば、ここで折口が夢想していた科学とは『論理学研究』でフッサールが強調していたあの学問の理念から理解した方がいいだろう。

折口が親しんでいた学問の基本的方法は歴史科学的なものである。それはフッサールに言わせれば、「各時代の具体的な文化的産物としての諸学をそれらの類型的諸特徴や共通性に基づいて把握し、そしてそれらを時代的状況から説明しようと試みる」（LU四一-四五）ものである。それでは比較相対的なものしか手に入れることはできない。それは結局「主観的なもの」にとどまることにしかならない。「規範学」として、一般的な客観的な規程などではなく、個々の学問分野に応じた、具体的な問題の考察の正当性を保証するような、そのような学問になることを「言語情調」に関して折口は夢想していた。「まさに学問の目的は単に知識を伝達することではなく、われわれの最高の理論的諸目標にできるだけ完全に呼応するような規模と形式で知識を伝達することである」（LU三〇-三四）とフッサールは述べている。このことを折口も自覚していた。この観点から見て、われわれは今の引用にある「言語によつてひきおこされた主観」という言い方に注目せざるを得ない。さしあたって踏み込んで言っておくなら、折口は言語という客観的なものによって主観が触発されると言っているのである。彼の学問の端緒には、言語という客観的なものの優位の意識がはっきりと存在していた。われわれは、彼が「ききて」の存在に関心を寄せていたとくり返してきたが、その「ききて」にとって聞こえてくる言葉はさしあたって二つの処理に直面する。一つは意味を取りだして言葉を捨てる。もう一つは、その言葉を捨てないで、耳を傾けるというものである。しかし、一度耳にされた言葉は痕跡もなく消してしまえるものではない。それが可能なら、われわれは人の言葉に傷つくということはない。私の意志とは無関係に作られた言葉は、私の意志に反して私に襲いかかって、〈私〉を目覚めさせるのである。これはもう「主観的」な事態ではない。客観的な事柄である。比較相対的なことではないのである。

ここまでを前提として、これに関係すると思われるハイデガーの著作を見ることにしたい。

四　ハイデガーのヘルダーリン講義

ハイデガーがヘルダーリンをはじめて論じたのは一九三四年のことであった。一九二七年の『存在と時間』によってひとまず彼の哲学が完成した姿を見せたあとの仕事で、当時の社会状況もあり、ハイデガー論としてはその間の変化ということも見ておく必要があるのかもしれないが、今はこの時期のヘルダーリン講義を一つの準拠枠として設定する限りでそこでの議論を見ておくことにしたい。

ハイデガーがこのヘルダーリン論で問題にしたのは言語の本質というよりはやはり詩作品そのものである。まず、文学の作業としての作品という観点から哲学への詩作品の奪還を彼は試みる。通常、詩は文学の仕事であり、詩人の表現への意志をある提携として形式化する作業として存在すると考えられている。したがって、文学研究者の仕事とはその作業の分析だということになる。しかし、ハイデガーに言わせれば、その分析からは詩人が作品に託したものは見えてこない。次のように言っている。

「詩を知るにいたる kennenlernen ということは、たとえそれがもっとも背後にいたるまでなされようと、それはまだ詩作の威力圏に立つこと im Machtbereich der Dichtung stehen を意味しない。」(GR一九-二六)

詩に関する情報をいくら積み重ねようとも、その詩の世界に入りこむことはできない。ヘルダーリンの詩は、「ヘルダーリンの詩作だけに身をさらし出すこと」(GR一九-二九)によってのみ理解できる。ここでハイデガーが企てたのは、詩をその全体の流れの中で理解するということよりも、その一つ一つの言葉に注目することであった。詩人たちはある定型の歴史の中で詩作するが、それをハイデガーは無視しようというのである。詩とは言葉であり、それを組み立てる技巧ではないという認識がここにはある。したがって、これはもう文学研究ではないと言うこともできる。ハイデガーは、ヘルダーリンの詩を文学の枠組みから解放し、そこに使われた言葉の一つ一つを際だたせるレベルにまで解体し、そこから詩の本質を明らかにしようという戦略を考えている。詩は言葉である。だが、言葉は詩ではない。なぜなら、そうなるとわれわれの日常が詩的言語に蔽われて、言葉をもって用を足すことができなくなるからである。したがって、日常生活を送るわれわれは言葉に出会っていないと見ることができる。詩は技術ではなく、われわれが本当の意味で言葉と出会う空間であるとハイデガーは考えた。では、詩を作るということはどのようなことなのか。詩作 Dichtung というよりも詩作すること dichten が問題なのだというハイデガーは次のように語源から話を起こす。

「この語[dichten]はギリシア語の δείκνυμι と同じ語源であって、その意味するところは、示すこと、何かを明らかにすること、開示すること、それも一般的にではなく、独特の仕方において、である。」（GR二九-三七）

dichten は〈示すこと〉であるが、それは詩人が作品のモチーフにしたと一般に考えられるような彼の体験を〈示すこと〉ではない。ハイデガーは、「詩作が魂、体験の表現現象と捉えられていること」（GR二七-三四）を強く批判する。詩作が作者の体験の表現であるとすれば、その時点で小説や絵画、あるいは映画といった他のジャンルの芸術作品との区別がなくなってしまう。なぜ詩人は詩という形式で、言葉をもって表現せざるを得ないのか。このことをヘルダーリンは強く自覚していたからである。だから、「ヘルダーリンは詩人の詩人である」（GR三〇-三七）。彼は何かを「独特な仕方で」示したのである。何か、とは詩人の個人的な「心理体験」（GR三〇-三八）などではない。表現すべきものが一個人の体験であることを超えていることの手がかりをヘルダーリンは古代に求めた。開示されるものは「ヘルダーリンが古代の知恵を知ることによって理解を得た神々の言葉の性格に呼応している」（GR三一-三九）。ヘルダーリンの詩にある一句「……そして合図は……und Winkel／古より神々の言葉である Von Alters her die der Götten」（GR三二-三九）を引用して、「詩作とはこの合図をさらに合図によって民族に伝えることだ」（GR三二-三九）とハイデガーは理解する。

では、「神々」とここで呼ばれているのはどのようなものか。それはキリスト教の伝統の向こう側にある失われた古代の異教の神々である。ヘルダーリンはそれを自分の関心によって身近なものとした。だからといって、それは個人的関心にとどまるものではない。それは民族のはじまり、つまり民族の根源に結びつく。その限りで、「われわれが学問と教育においてギリシア人を記憶せぬ場合ですら、古き神々への結びつきは存続しているかもしれないのである」（ＧＲ五〇～五一-六二）。そこではわれわれが何者であるかが語られていた。それを知ることが詩において問題になる。したがって、詩は古のギリシアを知らない現代人の日常を超えて成立する。詩は日常からの脱却を求める。日常の目で見れば、詩は「あらゆる営みの中でもっとも無邪気なもの」（ＧＲ三三-四一）となる。それは無用の遊びでしかない。無用であれば、それは地上の人間の営みとは無縁となる。そこで見えてくるのは、詩人が存在するということそのことだけである。何の役にも立たず、ただそこに存在するだけの人間が詩人であるとするなら、彼は「存在」というものに直接向き合っていることになる。彼の為すこと、すなわち詩作は「功業 Verdienst とか文化の進歩に属するのではなく」、「存在にさらされているということ Ausgesetztheit dem Seyn」（ＧＲ三五-四三）だということになる。——ここからハイデガーは具体的なヘルダーリンの試作品の分析に入っていくが、われわれの関心はそこから得られた詩的言語への洞察にある。

五　詩作と言語

「詩作の言語的性格とはどのようなものか。言語とはそれ自身どのようなものであるか。」（ＧＲ五九-七一）

これがハイデガーの問いである。折口もそうであった。詩的言語において、日常にも通じた言語の本質を問おうというのである。詩作において問題とされる言葉はその本質において日常よく使用される機能的言語と何らかの形でつながっている。しかし、日常から見てしまうのでは、その本質は掴みそこねてしまうという判断がここにはある。なぜか。言語の本質は「危険」なものだからである。安全確実を旨とする日常言語には言語の本質は隠されている。

「人間には財産のうちでもっとも危険なものである言葉 der Gütter Gefährlichstes, die Sprache が与えられている」（GR六〇‐七一）というヘルダーリンの言葉からハイデガーは言語の本質を引き寄せようとする。ここでいう人間とは地上での日々の仕事に明け暮れているものではない。ヘルダーリンはこの文章にある「人間」を「神々に似たものである」と言い直している。ヘルダーリンの言う人間とは、「いわゆる進歩によってバカとなるだけの、抑制を知らない存在の愚かしい偶像化されたものとしての人間ではなく、もっとも甚だしい対立の中に曝し出され、同時にまたもっとも単純な親密さの広がりのうちに存在する、存在の証人としての人間」（GR六一‐七二）である。言葉はこのことに関わる。言葉によってこそ人間は「存在の証人」となることができるからである。しかし、言葉は存在者であり、その限りで存在を示すと同時に覆い隠す。だから「危険」なのである。言葉で存在を表すことはできるが、それは「仮象」という資格でそうするのである。言葉は現実においては声か文字であるが、存在は声でも文字でもない。存在は存在ではないものによってしか接近することができない。したがって、本来、詩作はこの「危険」を示すものでなければならないのである。

「言葉の危険性は言葉のもっとも根源的な本質規定である。そのもっとも純粋な本質は原初に詩作において展開される。詩作は民族の原言語である。だが詩作の言葉は頽落して、まず純粋な、そしてそれから粗悪な「散文」となり、そしてこれがついには冗言となる。この日常的用語法つまり頽落形態から言語と言語哲学とをめざす学問的研究は出発しているのであって、そのため「詩作」を規則の外と見なす。このようにすべてが頽倒しているのである。」（GR六四—七五）

この議論の切っ先を「言語情調論」に向けてみるとどうなるだろうか。言語論の枠組みにこだわる限りでは、折口も「顛倒」した世界の住人で、ハイデガーの議論とは無縁だということになる。しかし、これまで見てきたように、「言語情調論」はその内容において、言語の表現機能に注目していて、日常的言語使用の場面にこだわる言語論の批判になっている限りにおいて、ハイデガーの議論に通じると言っていい。言葉は人間の所有物ではない。彼によれば、言葉は「人間を所有しているものであり、どういう仕方にせよ彼の現存在そのものを根底から規定するところのものである」（GR六七—七八）。一方で折口は「言語によつてひきおこされた主観」と言っていた。ここで二人の考えが同じ認識に到達していたとまでは言わないが、響きあうものがあることは疑いない。この判断を補強するのは、「聞く」という問題への両者共通の関心である。

六　聴くことの意味

「われらが一つの対話であり、そして互いの言葉を聞きうるものとなってから」（ＧＲ六八－七九）というヘルダーリンの詩句を引いて、ハイデガーは次のように論じた。

この詩句は一見して対話を言語理解の中心においているように見えるが、実はそうではない。たしかに対話は決定的な意味を持つと言っていい。しかし、対話はどのようにして成立するのか。お互い勝手に喋りはじめたら、そこに対話など存在しないことはたれにでも分かる。ハイデガーは、単なる指示的意味を基にした人間の日常生活の中のおしゃべりを非本来的な言語使用（存在の隠蔽）として告発してやまなかった。互いに語るだけの会話は相手の無視であり、対話になっていない。対話は、だから互いに相手の言うことを聴くということからしかはじまらないのである。したがって、ハイデガーは次のように語った。

「聴きうることはまた互いに話し合うことの結果では全くなく、むしろ反対にその前提条件である。聴きうることは語りうることにようやくあとから付け加わったのではなく、逆にまたその反対なのでもない。両者は本質において一致している、語りうることと沈黙がまたそうであるように。沈黙しうる者がやはり語りうるのである。」（ＧＲ七一～七二－八二）

話すだけでは対話は始まりようもない。ここに「言語情調論」が最初から示していた認識を加えてみれば、もっとも根源的なことがここで語られていると見ることができる。つまり、聴くことによってはじめて言語そのものが存在するということである。ハイデガーは「われわれが対話であって以来、われわれは話しかけられることによって言葉へともたらされた」（ＧＲ七四－八五）と言う。話すことではなく、「話しかけられることによって」つまり「聴くことによって」われわれは言語をもつようになり、話すことができるようになったのである。これは開始、それも根本的な開始である。われわれはあるときから話し始めた。私の意識の中に無から言葉が生まれたのではない。話しかけられたから、人間は言葉をつかまえることができた。「われわれとは、——言語的出来事である Wir sind — ein Sprachgeschehnis」（GR六九-八〇）。では、何から話しかけられたのか。存在である。われわれは「存在の証人」なのだから、存在以外に話しかけてくるものはない。

では、聞きとられる言葉とはどのようなものなのか。聴くとはどのようなことか、これがハイデガーにおいても問題になっていた。

七 「言語情緒」と「根本情調」

一九三四／三五年のヘルダーリン講義の「第二章　詩作の根本情調と現存在の歴史性」の中で、「まだ熟慮していないことが一つあった」と言ってハイデガーは次のように書いている。

「それはすなわち、言葉の音声 Stimme は情調づけられて gestimmt いなければならず、詩人はある情調 Stimmung で話すのであり、そしてそのような情調が大地を規定し be-stimmen て、詩作の言葉がその上でまたその中で存在を建立するその空間を、情調が貫き響く durchstimmen のだということである。このような情調をわれわれは詩作の根本情調 Grundstimmung と呼ぶ。根本情調という言葉で、言葉にただともなっているだけの漂い流れる情感が意味されているのではない。そうではなく、根本情調とは、詩作の言葉において存在の刻印を受ける世界をあけ開くものである。」（GR七九-九一）

引用文中に示したように、情調という訳語を当てられている原語は die Stimmung であり、『存在と時間』の邦訳ではたいてい「気分」と訳されているものである。この語について、手元の辞書で訳語を拾っておくと、気分、気持ち、情緒（調）、雰囲気、全体の気分、全体の印象（感じ）などで、これに音楽用語で調律という意味が加わる。この調律の意味が声 Stimme に、stimmen を介して結びついている。stimmen には調和する、適合するという基本的な意味がある。われわれはここでも折口信夫とハイデガーの言語論に共通するものを見ている。

それにしても、折口が「言語情調論」の中で「言語情調」、「音覚情調」という言い方で示そうとしていたのはやはり〈感情〉であるから、それはハイデガーの言う「言葉にただともなっているだけの漂い流れる情感」のことであって、ここには表面上の対応しかないという反論はあるかもしれない。しかし、すでに見ておいたように折口は「感情」を「気分」とも言い換えており、両者が似たような言い方で示していることの共通性は見届けることができる。ここでは、ハイデガーが、言語にともなうものであるにもかかわらず、「言語情調」とは言わないで、「根本情調」と言っていることが手がかりである。

急いでふり返っておけば、『存在と時間』の「情態性 Befindlichkeit」を論じたところで、気分という日常的な現象の存在論的意味が問われていた。

「すなわち、気分は世界内存在をいつもすでに全体として開示しており、そしてそれがはじめて「〜へ目を向ける」という指向性を可能にする。」（SZ一三七-(上)二九八）

具体的には、気分はさまざまに存在する。そこでハイデガーは、何がもっとも根本的な気分なのかを問題にした。もっとも根本的な気分において現存在は規定されていると考えたからである。『存在と時間』においては、現存在の日常性を規定する気分は不安であるとされた。しかし、そこにいたる前にはまず全体としての気分が何であるのかが問題とされなければならない。ヘルダーリンの詩を問題にするなら、まず個々の作品を貫いている全体的気分を取り出してくる必要がある。ある作品においては「痛み」「苦しみ」あるいは「悲しみ」（GR八一-九三）が情調として取り出されてくる。その「根本情調」は「悲しみ」であると見ることができた。つまり、「悲しみ」を根本情調として読み込んでいくと、その詩で語られる存在者の全体が示される。ハイデガーは次のように分析した。

「古き神々への呼びかけの断念とは、[神々]無しですますという決然とした意志 die Entschiedenheit des Entbehrenwollen なのである。《しかしここにいるわたしは　何も拒まず　求めもしない》（第十九行）この決然性は悲しみの根本情調の親密なる優越から生まれている。というのも悲しみの根本情調は大小一切のものをまったく意に介せず、ただ神々の不可触性のうちに保たれるものだからである。それは傷つけられ気分を悪くして自己の内に引きこもることや、空しい絶望による嫌悪やあるいは頑なな拒否などではない。そうではなくて、この根源的悲しみは大いなる苦痛の持つ端的な慈悲を見ぬく卓越さ、——すなわち根本情調である。それは存在者の全体を異なった風に本質的な仕方であけ開く。このことは多分次のように考えられる。情調そのものが存在者の開示性を喚起するものである、と。」（ＧＲ八二―九四）

改めて言っておけば、ハイデガーのいう「存在者の開示性」とは、存在者が存在者として露わになることであり、その限りにおいて存在者の存在が問われることである。このような問題意識を直接に「言語情調論」の中に見ることは不可能である。われわれが、この論文とハイデガーのヘルダーリン論とをつき合わせようというのは、折口が事柄としてハイデガーと同じものを引き寄せようとしていたのではないかということを論証するためである。この見地から、ここで「言語情調論」の議論に戻る必要があるが、ハイデガーの次の一文がひとつの手がかりになる。

「情調を構成するのは、まず情調を生ぜしめるもの、情調づけるもの、それから情調の中で情調づけられたもの、そして最後に、情調づけ情調づけられる両者相互の関係である。その際、注目すべきことは、まず主観と客観とがあって、それから情調が両者の間に押し入り、そしてそれが両者を往還するというのではなくて、情調とそのうねりは根源的なものであって、その都度の調べによってはじめて客観を情調のうちに引き入れ、主観を情調づけられたものとするのだということである。」（ＧＲ八三―九四）

はじめに主客の別を立てて議論をするということへの批判は、ハイデガー哲学以前の現象学の基本に属する。先に見たように、「言語によってひきおこされた主観」という折口の漏らした一言は、彼もその点で考えは一致していることを示唆している。これは次の引用ではっきりと示すことができる。

「一体主観ということは背景的事実、認識すべからざる現象で、実際にはあらはれてこない。すべて認識のうちのことは、元来みな主観からでるのであるが、これをいひあらわす場合には必客観的になつてくる。たゞ便宜上、その程度によつて主観とか客観とかわかつのであるが、もともとみな主観に発したところの客観なのである。」(一二-九五)

ここに現象学でいうところの〈ノエシス-ノエマ〉の関係を見ることはそれほど無理なことではない。しかし、それをはっきりと論証するには、当時の折口がどこまでヨーロッパの哲学を心得ていたかという具体的な事柄に関わるので、それについてはここでは問題としない。同じ発想が見られるにしても、その発想はどこから来ているのか。発想の発想がわれわれの関心である。ところで、このことについてはわれわれは容易に答を見つけることができる。以上のような発想を支えていたのは、折口の〈音〉へのこだわりである。「言語のもつとも単純な形態は声音である」(一二-七八)からだが、「言語の形式を考えるには、声音と言語当体の形式的条件と、これを書記する文字との関係を見なければならぬ」(一二-七八)と付け加えてもいる。しかし、「文字については附録に述べるつもりであるから今は論じない」と断っている。文字については「附録」で述べる程度のものであったと片付けてしまうと、言い過ぎになってしまうかもしれないが、いずれにしてもこの「附録」なるものは書かれないままに終わった。

さて、〈音〉、つまり「音覚情調」であるが、さまざまの発想がうかがわれる議論の運び方をしている。「チィヘン氏」、「マクスミュラァ氏」そして言霊説という具合に折口は言及しているが、先の問題と同様、それらに関しては他の研究書にゆずり、[註]われわれの関心のあるところでまとめておくことにする。「音覚情調」という言い方で折口の訴えておきたいところは次の文章に明らかである。

「もし言語の職分が意味を伝へるのみを以て足れりとすれば、音覚情調は無用である。しかしながら吾等が言語に依頼するものは思想の他にそのときの情調傾向をも移入することを望む。」（一二―八〇）

基本的には単純なことが言われているだけである。たとえば、「アヽ」と言うのでも、その言い方（発音）によって意味のニュアンスが違ってくるという、日常でよく経験される事柄がここで言及されているに過ぎない。しかし、これを折口は組織的に探求しようとする。手始めにこの現象を「（一）音質　（二）音量　（三）音調　（四）音脚　（五）音の休止　（六）音位」（一二―八三）に分けて論じようという。この一覧を見ただけで内容が類推できると言っていいが、それを手がかりに折口は何を明らかにしようとしたのだろうか。「第八章　言語内容の意識」の冒頭に彼は次のように述べている。

「すでにこの編のはじめにおいて論じたごとく、言語形式を通じてわれらが知ることの出来るものは、再生概念である第二次思想である。たとい思想と内容との一致を望んで進んで行くにしても、実際は徐

ろに近よりつつ、しかもなお常にいくらかの間隔を存して居る。竟に理想は理想、事実は事実である。」（一二–一〇五）

折口はくりかえして自己と他者との不一致を強調した。これは自己と他者との断絶という事態であり、これを強調するということは、たとえば和辻哲郎が『風土』で示していたような「家」の中での親密な日本人の伝統的な人間関係のあり方に異を唱えることにつながるはずである。若き折口の思想の前提には、自立した個人というヨーロッパ近代を支えた発想が確かに存在していた。一方で、独自の学問形成を試みようとしていた彼の志向は、古代の日本人の姿から、日本の本来の思想を明らかにするというものであったはずである。これらの文章にかいま見える折口の人間観は、一見して外来の西洋近代の立場に立つものであるように見える。後年の西洋的学問の方法に対する批判を考えるなら、このような文章には戸惑わざるを得ない。しかし、今の引用にも窺えるように、自他の対立・齟齬・非対称性を明らかに折口は一つの踏み台として考えを進めている。「事実」は自他の分裂であり、「理想」とは自他の渾然一体となる「家」の中の日本人である。折口は西洋近代の眼差しをもって日本人の言語を考えようとしていた。

ここで「言語情調論」の最初に戻って、すでに示しておいた言語の間接性についてもう一度見ておく必要がある。彼は「言語情調論」の最初の方で次のように述べていた。

「すでにあひて（聴者または読者）と自身（はなして又は作者）とが対立した場合には、必ある約束がなりたつべきである。言語はこの約束によつて出来た予約物である。」（一二–四三）

ここで言われている問題は言語の発生論に関わる。ところで、発生論は実証不可能であるから形而上学的な色彩を勢い強めることになり、言語を考察しようという者にとっては一つの鬼門となる。折口は、そこに踏み込んでいるわけではない。しかし、この文章で間接的に示されているのは、やはり言語の発生であり、それを折口は「約束」という言葉で言い当てようとしている。前提には、独立した個人が存在し、その生活上の必要から言語は生み出されたのだということになるだろう。しかし、それでは折口が批判しようとする意味作用に還元された言語という、人間同士のコミュニケーションしか引き出されない言語観に陥ってしまう。だが、引用する際に断ったように、この文章は「言語情調」を引き出す前提としての発言である。ここにも、折口が戦略的に西洋近代的な立場（自立した個人のコミュニケーション）を強く意識していたということをうかがい知ることができる。後年の折口が西洋の学問に批判的になっていったとわれわれはくり返しているが、それは彼自身が生涯を通じてその立場をひとつの手がかりとして考えを進めていっていたからである。その最初の姿が「言語情調論」にはっきりと見られる。すなわち、西洋から見た東洋というひとつのフィクションを彼もまた手に入れることによって自分の文化と伝統に分け入ったのである。ちょうど、ハイデガーが、ヨーロッパ近代に対立するかぎりでのギリシアを鏡とすることによって哲学の伝統に踏み込んでいったように。

ところで、折口によれば「言語は概念的存在である」（一二一-四三）。彼が「約束」と言っている中身はこのことである。「普遍的な概念の性質上、言語は常に約束を重んじている」（一二一-四三）ものだからである。そして、それは「約束」であるに過ぎない。つまり、「概念」を伝えると言うことに言語の働きを限るなら、ついにわれわれの言語は普遍的な意味の「約束」の世界を出ないことになる。われわれは自分の〈思い〉を伝えることはできず、〈感情〉も〈気分〉も伝わっていかない。それでは、われわれの言語の現実は説明がつかない。言語芸術作品は成立する根拠を失ってしまう。言語は概念（意味）に還元できないし、われわれの言語コミュニケーションはそうしていない。われわれの言語の経験は全体的なものである。言語への入口は音であった。言語は知性に訴えるものであるが、感性を無視しては知性は開かれない。すでに事実において、言語は意味に還元されて終わるべきものではない。言語にはその事情を無視して理解できないものがある。「一概念の中のすべての観念を包括している言語」が存在する。このことは単に言語学的な問題にとどまらず、哲学的なものであるという自覚が折口にはあった。なぜなら、それは「包括」とか「網羅」そして「絶対」という、個別現象的なものではなく、全体の存在を示す言葉をもってその事態を言いあらわす外にないからである。こうして折口は次のように言うことになる。

「哲学者は、絶対と相対とを対立して宇宙認識の二範疇として居る。しかし、自分は、今ひとつの立場があると思ふ。それは観察点によつて或は相対界に属するものとも、或は絶対界のものとも、見ることが出来るものが屢〻見えるのである。」（一二-五七）

この文章について、折口自身が逐一の説明をすることはない。しかし、これまで見てきたところからすれば、次のように敷衍することができるだろう。ここで言う「絶対」とは存在を存在として捉える認識であり、「相対」と言われているのは言語を記号として用いる認識である。「或は相対界に属するものとも、或は絶対界のものとも、見ることが出来るもの」とは、記号に還元されない言語による認識を意味する。すなわち、折口はハイデガーの言う「危険」を十分に心得ていた。「絶対」にも「相対」にも還元されないこの立場について、折口は「仮絶対の名前を与えておく」（一二-五七）と言う。「仮絶対」という熟さない言い方で彼が示そうとしたのは、言語による認識はどんなに成功したもののように見えても、それは「仮」のものでしかないということである。「仮」を取り払って「絶対」に到達した、あるいはそう思いこむところに「危険」が存する。しかし、だからといって言語による表現を不可能なものとして手放すようなことがあってはならない。「危険」を冒すことがなければ「絶対」は得られないのである。ここで「絶対」を無用のものと言ってみることができるかもしれない。ただし、折口にしたがうなら、他者としての絶対者の認識以前に、自己の内なる認識がそれを求める。自己による自己の認識が言語による間接的な認識しか得られないとするなら、私はついに私自身を認識することができない。超越的な絶対的認識の不可能性は、内在における自己認識の不可能性に根拠をもつからである。超越者の認識は、それが他者であるという理由で断念できても、自己認識は断念できない。私は私であることにおいて私についてまわるものである。私は私であることを真理の名において知り得ないのであれば、私は常に私であろうとすることによって私であるということになる。したがって、私にとってついに私は私ではない。私であろうとすることにおいて露わになるのは私という欠如だからである。私は救われることがない。だが、そうではない。私はすでに欠如を埋めるという行為に赴くことによって救われていたのである。今述べているようなことを語り出すことによって、そして何よりもそれを聴くことにおいて私は存在を得ていた（受け取っていた）のである。もちろん、それで欠如は埋められたわけではない。「絶対界」から見れば、あくまでもそれは「相対界」であるが、「相対界」から見れば、それは「絶対界」として受け取られる。それは実体においてそうだというのではない。言語の運動においてそうだというのである。ハイデガーの言う言語の「危険」は、こういう形で折口に自覚されていた。

八　〈音〉と〈沈黙〉

折口信夫とハイデガーが同じ理論的志向を持っていたとして、では二人のそれぞれの独自性はどこに求めることができるのか。それは何よりも言語それ自身に関わる問題において明らかにされなくてはならない。すでに示したように「言語情調論」の折口にとって言語とは徹頭徹尾「声音」であった。もう一度引用するなら、「言語表象の完成は、声音の輻射作用によって、観念界に仮象をうつし出すことによって得られる」のである。この認識は折口の言語論の定点であると言っていい。この問題についてハイデガーはどのように考えていたか。まず『存在と時間』にこの問題を見ておくことにする。「語り Rede」を論じているところである。

最初に「言語の実存論的＝存在論的基礎は「語り」である」（SZ一六〇–(上)三四五）とされる。では〈語り〉とはどのように示すことができるのか。

「「語り」は、情態性および了解と、実存論的には等根源的である。了解可能性は、それを会得する理解が行われる以前にも、いつもすでに分節されている。「語り」は了解可能性の分節である。したがって、それはすでに理解や言明の基礎になっている。」（SZ一六一–(上)三四五）

これをハイデガーは次のように続けた。

「了解可能性の意義全体が発言されて言葉となる。それぞれの意義には言葉が実る。その反対に、事物的な単語にあとから意義が配当されるというのではない。」（SZ一六一-(上)三四五）

「発言されて言葉となる」というのであるから、言葉とは音、「声音」だということになる。しかし、音が音であるためには沈黙という背景がなければならない。「話す発言には聴くことと沈黙することとが可能性として属している。実存の実存性にとって「語り」がもつ構成的な機能とは、この二つの現象においてはじめて明らかになる」（SZ一六一-(上)三四六）とハイデガーは指摘した。

聴くことと共に、ハイデガーは沈黙の可能性について語る。たしかに、音は沈黙から立ち上がる。このことについて、折口が論じることはなかった。また、ハイデガーが注目したのは単に背景としての沈黙ではない。「黙っていることができるためには、現存在は言わんとするところがなければならない。すなわち、自己自身の豊かな開示態を身につけていなければならない」（SZ一六五-(上)三五三）。こうなってくると、沈黙は無地の背景というものではなくなってくる。この沈黙は分節されている。この限りでハイデガーの言う沈黙は沈黙ではない。真に語ろうとする態度のうちで「現存在の了解可能性を深く分節する」（SZ一六五-(上)三五三）ものなのである。ここまで議論が進むのであれば、折口にも無縁のものではない。和歌を作る歌人の努力のうちにそのような沈黙はいくらでも見いだすことができるからである。しかし、ハイデガーの沈黙に関する議論はこれで終わるのではない。それは「良心」の問題に結びついた。

『存在と時間』においては、われわれの実存（現存在）は「情態性」のうちで根本的な不安という気分において死に関わる存在として見いだされた。その例証が「良心の声」であった。ハイデガーはそれを「良心の呼び声 Ruf」だとするが、「呼ぶことは「語り」の一つの様態である」（SZ二六九-〔下〕九九）。彼はこのことを「単なる比喩につきるものではない」（SZ二七一-〔下〕一〇三）として、次のように強調した。

「ただここで見逃してならないのは、「語り」には――したがってまた呼び声には――発生的な表現が本質的な条件ではないということである。むしろ、いかなる発生的な言明や叫びもすでに「語り」を前提にしているのである。」（SZ二七一-〔下〕一〇三）

声にならぬ声は沈黙として現象する。したがって、ここにおいて声はもはや「声音」ではない。それは「声音」にならない。なぜなら、「良心」が話しかけてくる事柄は内容をもたないからである。「良心の呼び声は何ごとも言明しないし、世の中の出来事について情報を与えず、また何ごとも語らない」（SZ二七三-〔下〕一〇七）。それでも、それは聞こえてくる。「良心の呼び声は、私のうちから、しかも私を超えて聞こえてくるのである」（SZ二七五-〔下〕一一二）。「良心の声」が、実際に聞こえてくるような音声的なものだとするなら、われわれはそれを無視することができる。それは、他人との時間つぶしのおしゃべりと同じものになるからである。私のうちから無視できない形で「負い目」を語りかけてくるもの、それが「良心の呼び声」である。それは呼びかけるが、声にはならない。本来の言語というものは、「危険」を冒して、「声音」になることもあるし、文字になることもあるだろう。だが、本来的な言語の本来のあり方とは、そういう現象になる一歩手前のところにある。

こういうハイデガーの考えは、折口にしてみれば発想しようもないことであった。詩は言葉として声に出し、文字となって書かれなければ存在しない。考察はそこから始まり、そのことの意味に行きつく。ハイデガーによるヘルダーリンの詩の分析は、印刷された文字を相手に行われていた。したがって、それが発音されたときに想定される「声音」としての効果に議論が及ぶことはない。それは黙読され、沈黙のうちに詩人が作品に託したものを一つ一つ明るみに出すという作業であった。

「詩作というものが威力を持てばもつほど、ますます語の言うことは圧倒的で、心を拉致し去るものとなって支配する。だが、そのとき詩は、もはや当初なおそうであったような眼前に読み聞きうるものではなくなっているのである。」（GR三九―二三）

ヘルダーリンの詩作の世界に入りこむということは、彼の言葉の中に入りこむことである。入りこむと、音は消え、詩人の言語の経験（語の選択と配置）そのものが読者に与えられる。これは折口のいうところの「絶対」の境地であると言っていいだろう。詩の意味を解読する作業はそこから開始される。解読の真正性はひとえにその解読の境地に行き着けるか否かにかかっている。行き着いてしまうと、そこは「声音」とは関係がない。なぜなら、そこは「語り」の世界であり、根源的分節の次元だからである。あるいは、そもそも「言う」ということが声ではなく、レゲイン（λέγειν、収集する）としてハイデガーには了解されていた。「存在」は語られるものではない。語られたと思われた瞬間に「存在」は存在するものへと転落する。

したがって、「存在」を語るには沈黙しなければならない。語らないということが、つまり沈黙するということが「存在」について根源的に語ることなのである。したがって、「レゲインは根源的に沈黙なのである」（HE三八三-四二〇）。

折口の場合は違った。この場合には、音量や音脚など徹底して「音」「響き」の世界として言語が了解されている。したがって、それが「仮絶対」であるという自覚が優先する。詩作品の響き（存在者）に本質が託されているからである。こういう考えには、多分、日本語の表記が外国語によって行われたという歴史的事情が与って大きい。その事情を尊重するなら、本来語られている事柄は「音」にのみ存する。ところで、音とは自然である。音に耳を傾けるということは自然を聴くということである。われわれは水のせせらぎや風の声を聴く。その延長上に声が存在する。

自然を聴くという発想はハイデガーにはない。ヘルダーリン講義の中で彼は「獣と「自然」との無言語性 die Sprachlosigkeit des Tiers und der ›Natur‹」（GR七五-八五）について述べている。「「生命」（草木や獣）があっても直ちに言葉も生じるわけではない」（GR七五-八五）と彼は言う。これは、たとえば獣がコミュニケーションをしないという意味ではない。よく知られているように、動物の世界にも何らかの記号を用いての伝達行為は存在するだろうし、またそのことをして動物にも「言語」があるという人もいるかもしれない。しかし、動物は本来の意味での言葉を持つことはないし、「語り」も可能ではない。この意味で、「われわれが単に、言葉をもたない自然と言葉を話す人間とをただ種類の異なるものとして並べるだけでは何にもならない」（GR七五-八六）のである。それぞれの所属する世界における関係の仕方が違う、つまり存在の仕方が違うということが問題にならなければならない。言語の記号的側面は動物においても問題になるだろうが、それは「語り」なしに存在するものであって、本来の言葉となることはできない。これを記号的な働きが言語の本来的な次元の上に成立するという具合に理解してはならないとハイデガーは考えた。「単語の音声形態をその「肉体」として、単語の意味の方はしかしその「魂」ないしはその「精神」として捉える」（ＨＡ三四-四七）ことができるというのであれば、その記号的な働きを取り去った言葉が本来の言葉だということになる。単語は、それが本来の言葉であるとするなら、発音されてもその本来性を保つことはあり得る。しかし、単語の持つ〈意味形態〉は、事物となって頽落するものであるが故に、詩作の本質を取り損ねるということになる。

他方、折口は単語の形象的側面から詩作の本質を考えようとした。詩作は「声音」とならなければ、その本質は開示されない。ギリシア語を手がかりに、語源に示される意義を人間本来の詩作が反映されたものとして考察を進めるハイデガーに対して、折口は語源を探ることを始めとする文学的な考証の議論はあっさりと片付けている。語源を探るというのは、意味を手がかりとする。折口は、意味ではなくあくまでも「声音」にこだわった。彼にしてみれば、意味も、そして語源も音からたぐり寄せられるべきものなのである。存在の根源的分節というハイデガー的問題に対応させるなら、それももちろん「声音」抜きに語られるものではない。「声音」として聴き手に伝わる「言語情調論」を託された単語は、ほんの少しの音の強弱で意味の変わってしまうものである。分析の一般原理はそこに立てられなければならない。この洞察は彼には必然的であった。ひとつの理由は、先ほど示した日本語の成立事情である。もう一つは、文学という本来的な言語の場は、折口の後の主張によれば、宗教祭祀における神と人との問答だという事情にある。祭祀は自然を手がかりにしなければ、つまり音やふるまいを手がかりとしなければ成立するものではない。祭祀とは、したがって芸能であり、折口の文学論が芸能論を抜きに成立するものではないということはここから理解できる。この側面から見るなら、後の折口の見解の原理はすでにこの「言語情調論」において語られていたのである。彼の学問の柱のひとつを形成していたのは芸能論であり、それは子供時代における芝居小屋通いに原点があるとはつとに人の指摘するところである。芝居小屋に満ちているのは歌舞伎役者の声であり、三味線や太鼓の響きである。折口はそこに何か根本的な事柄を聞き取っていたのである。

ちなみに祭祀ということについて言えば、ハイデガーもまたヘルダーリンについて語りながら言及していた。

「この祝祭的なものは、それ故、喜ばしきもの、もっとも喜ばしきものよりも、さらにまたより根源的であり、しかしまた悲しみ、もっとも悲しませるものよりも一層根源的である。」(GR五二-七二)

この引用はほとんどそのまま折口の学問のある側面を言い当てていると言っていいが、その論証は「言語情調論」の後の仕事に関わる。今はこの指摘をもって本稿の締めくくりとしたい。

(二〇〇四年十二月)

【註】

本研究は、最初にも断っておいたように実証研究とは一線を画するものであるが、それは先人の研究を無視するという意味ではない。とりわけ、本論文に関わるものとしては高橋直樹著『折口信夫の学問形成』（有精堂出版刊）をここであげておく。この著を手がかりに実証の中に踏み込んでいくのは相当に魅力的な仕事に思われるが、それはわれわれの任ではない。なお、本論文のテーマとも志向とも大きく異なるものだが、中村浩著『若き折口信夫』（中央公論社刊）には青年折口の思考の土台を考える上で参考になった。以上、記して謝意を表する次第である。

あとがき

本書は哲学の研究書としては、題材内容共に特殊なものだという印象を与えるものかもしれないが、実存哲学以降の現代思想を専門としてきた著者にとっては、さして多くはない（いわゆる）オーソドックスな研究論文の延長上に自ずから成ったという実感しかない。もちろん、論文としての意図がどこまで実現できたかということについては、これはもう何であれ読者の評価を頭を垂れて受けるのみである。

あとがきの通例として、謝辞を具体的に書くべきであるが、遅すぎた出版のゆえに、お名前をあげるべき方で鬼籍に入られた人も少なからずあり、まことに勝手ながら、そのようなかたちは取らぬこととした。失礼をお詫びすると共に、これまでさまざまなかたちで著者に関わってこられた方々に深く謝意を表する次第である。

なお、本書は平成二十二年度専修大学図書刊行助成を得て出版されるものである。補論は「生田哲学 九・十合併号」（二〇〇五年三月刊）に掲載されたものであることを付記する。

伊吹　克己（いぶき　かつみ）

1949年、北海道函館市に生まれる。1972年、専修大学文学部人文学科卒業。現在、専修大学文学部教授。論文に「形而上学批判としての折口学」（「専修大学人文科学研究所月報」第163号）、「アンガージュマンと美的なるものの行方―サルトルとアドルノ―」（「理想」第665号）、「アジアという経験―マルローの『王道』をめぐって―」（「専修大学人文科学研究所月報」第224号）等がある。

歌舞伎と存在論　折口信夫芸能論考

2010年11月22日　第1版第1刷

著　者　伊吹　克己

発行者　渡辺　政春

発行所　専修大学出版局
〒101-0051　東京都千代田区神田神保町3-8
㈱専大センチュリー内
電話　03-3263-4230㈹

組　版　木下正之

印　刷
製　本　株式会社　加藤文明社

ISBN 978-4-88125-248-2